# 人间物语

The Tale Of The Word

王龙/著

山西出版传媒集团
山西人民出版社

图书在版编目（CIP）数据

人间物语 / 王龙著. —太原：山西人民出版社，2021.9
　ISBN 978-7-203-11914-2

Ⅰ.①人… Ⅱ.①王… Ⅲ.①散文集-中国-当代 Ⅳ.①I267

中国版本图书馆 CIP 数据核字（2021）第 183635 号

## 人间物语

| | |
|---|---|
| 著　　　者： | 王　龙 |
| 责任编辑： | 郭向南 |
| 复　　审： | 武　静 |
| 终　　审： | 梁晋华 |
| 装帧设计： | 张镤尹 |
| 出 版 者： | 山西出版传媒集团·山西人民出版社 |
| 地　　址： | 太原市建设南路 21 号 |
| 邮　　编： | 030012 |
| 发行营销： | 0351-4922220　4955996　4956039　4922127（传真） |
| 天猫官网： | https://sxrmcbs.tmall.com　电话：0351-4922159 |
| E - mail： | sxskcb@163.com　发行部 |
| | sxskcb@126.com　总编室 |
| 网　　址： | www.sxskcb.com |
| 经 销 者： | 山西出版传媒集团·山西人民出版社 |
| 承 印 厂： | 山西出版传媒集团·山西人民印刷有限责任公司 |
| 开　　本： | 890mm×1240mm　1/32 |
| 印　　张： | 8.25 |
| 字　　数： | 220 千字 |
| 印　　数： | 1—5000 册 |
| 版　　次： | 2021 年 9 月　第 1 版 |
| 印　　次： | 2021 年 9 月　第 1 次印刷 |
| 书　　号： | ISBN 978-7-203-11914-2 |
| 定　　价： | 48.00 元 |

如有印装质量问题请与本社联系调换

## 我是这样子爱着这个世界

人间太吵了。

我开始不去听人讲话了。渐渐的,也就听不到了。耳边有的,只是风声,雨声,深山野果落地的声音,唧唧哝哝的虫声……

华枝春满,天晴月圆。不说话时,世界是完美的,宁静,而又喜悦。我一开口,便同时感到空虚。岁月轻掩了我唇齿,让我噤声,如摘走了嘴角噙着的一枝玫瑰,我沉默了。我的沉默是一口幽深的古井。但我是微笑着的,井口有一抹斜阳,摇曳着花枝的影。我是沉默着的,但我的沉默说着话儿呢。如花,散发清香;如灯,发出光焰。

有什么好说的呢,深情地爱着就是了。

人也听不懂人的话。人说人听,如同鸡同鸭讲。那就不说了,含情脉脉地看护着就是了。也不必相互懂得。懂得也太难了。爱就是了。

我与世间万物,倒更有话说。我与它们心有灵犀,常常默然对坐,相看两不厌;有时软语叮咛,情切切意绵绵。我有一些小心思,不能言说的小心思。偶尔来一些小动作,做一点小事儿,表达我无法言传的小心意、小心情:

守着一汪池水,说一些赞美的表白的话。水能听懂,水分子会羞涩地结晶成花儿的模样。

挂香蕉在墙上。这样,它就会误以为自己还在树上呢。荔枝连叶摘,也会多新鲜些日子。老树是重情谊的家伙,安土重迁,移栽时给根上多带一些老土,它就以为还在故处,就愿意继续活着。

摘柿子,把一些挂在高处的红彤彤小灯笼一般的熟透了的甜柿子留着,留给过路的鸟雀。

年夜饭,先给猫狗吃。让它们先过年!

递酒给狗嗅一嗅,狗一脸嫌弃地躲开。我这是告诉它我喝酒是在受罪,吃肉、啃骨头只是为了压压惊,免得它心里不平衡。

猫以为它是我主子，整日为我担惊受怕操碎了心。怕我不懂得盖屎，暴露了行踪被天敌发现有危险，它总是跟着我去卫生间。怕我饿着，不时地捉几只老鼠摆在我面前。何以报之？小鱼虾！"匪报也，永以为好也。"

田螺姑娘有温柔的自闭症，有事儿没事儿多和她说说悄悄话。

给麦子、稻子、没名字的野草，牛、羊、猪、狗都过生日。来一趟不容易。隆重一些！要有仪式感。

芫荽太清纯了，不懂夫妇之道。播种的时候，便说一些下流话，教唆它们干坏事儿。它们笨，看不懂春宫画。

有些果树想得开，要丁克。我得吓唬吓唬它们。除夕夜，持刀作势要砍，问它们："你明年结不结？不结，把你砍了。"一边代树自答："莫砍，莫砍，我结果。""结得多不多？""多！""甜不甜？""甜。"

月色撩人，花气袭人的丁香树丛下小遗，说："也是小补，不谢。"我调皮了。

<u>我是这样子爱着这个世界。</u>
<u>世界是爱我的。</u>
<u>因为我挚爱着这深情款款的世界。</u>
<u>你在爱，你就能感受到爱。</u>

这爱只是淡淡的，如花的香、灯的光，如迢迢的小溪流向远方。这爱只是浅浅的，浅浅的深爱，不打扰，不惊动，轻盈如蝴蝶翅膀的翕张。我行于水上，水不摇不动；我入于鸟群，鸟不乱不惊。我的爱是一场低烧的暗恋。

# 目　录

我是这样子爱着这个世界　　001

## 第一章　世界啊，你看我开花给你看

像植物一样幸福，像动物一样幸福　　003
植物　　006
唤醒　　013
人间草木　　015
小草三帖　　026
碧桃开，碧桃落　　029
牡丹，花之富贵者也　　031
桃花红，杏花白　　035
迎春花开　　038

041　看花小记

044　访桃花不遇

046　梨花也寂寞啊

047　杏花？春雪？树下

049　落花吟

052　树

056　水枸子

057　柳

061　何妨但见松柏影耳！

062　秋色赋

066　梧桐与少年

069　花树

## 第二章　猪的幸福生活

073　猪的幸福生活

078　宠物

082　狗

086　我是猫

087　叫春

088　看猫儿狗儿打架

091　不被怀疑的真诚

哀驴 092
鸡鸣 100
麻雀记 104
燕子记 107
乌鸦与喜鹊 111
小鸟和它的笼子 113
笼子里的自由 115
树上的鱼 118
虫子小识 121
蜗牛传 123
小院子里蛐蛐叫 125
虫趣 126
痴念：花鸟虫鱼篇 131

## 第三章　"你是我的菜"

"你是我的菜" 137
遭遇美食 140
饮食男女 143
白菜 146
惹火的辣椒 148
花生米 150

153　豆腐闲话

156　螃蟹

160　食有鱼

167　东北人，东北菜

170　无肠不欢：熘肥肠

173　黄豆　猪脚　汤

176　包子

178　粽子

181　那碗阳春面

185　麦子里有白面

187　说几句关于酒的醉话

197　茶

200　茶道

204　早课

205　人生的盛宴

## 第四章　一间自己的屋子

209　一间自己的屋子

212　墙

213　门

216　窗

我为什么亲近身边的物品　220
一只碗的遗言　221
百姓日用之生活篇：筷子　223
鞋子：伴你一生　226
眼镜　229
百姓日用之政治篇：象棋　232
表　234
钟表店　237
镜子　239
百姓日用之经济篇：算盘　247
一生　249

# 第一章

## 世界啊,你看我开花给你看

叶子,是树寄给世界的信笺。一笔一画写得清,一封一封擎在手里。

花儿,是树给这个世界说的情话。花儿是树心里的秘密,藏了一冬的秘密。

# 像植物一样幸福，像动物一样幸福

## 1

冬瓜大剌剌，随意滚了一地！东一个，西一个，不讲规矩。

丝瓜吊在藤架上，荡秋千。

牵牛花爬上篱笆，吹喇叭。

田脚地头，砖缝里，野草恣意地生长。

桃树一到春天，就拿出压了一冬箱底的新衣裳，花枝招展地抖擞着。

月上柳梢头，杨柳笼烟，深情款款，站在湖的堤岸。

苹果在阳光里安静地结着它的果子。

鸭子大摇大摆地，去池塘里游泳。

鸡往后刨，猪往前拱。

鹅，鹅，鹅，曲项向天歌。

狗吠深巷中。

鹤鸣九皋。

一匹来自北方的狼，在冬雪皑皑的草原上觅食。

树袋熊在澳大利亚，懒懒地爬着，懒懒地嚼着桉树叶子。它一天二十个小时睡，剩下的时间，两个小时用来吃，两个小时用来发呆。

老虎在深山老林里打盹。

豆娘在空中飞翔着交尾。

## 2

植物有了快感也不喊，它们悄悄的。动物高兴地到处跑。它们还生活在伊甸园，浑然不觉地幸福着，昏天黑地快活着。

人，本来也在园子里的。直到有一天，吃了智慧果，睁开了眼：人，有了知识。看见了自己，自己的赤身裸体，知道了羞耻，计较起了得失。从此，被逐出伊甸，失去了浑浑噩噩过幸福日子的权利。人生的痛苦，百分百源自人的聪明才智。知道越多，知的道越少。灯亮起的时候，黑暗随即来到。

老子急了，想吹灭人类智慧的灯："虚其心，实其腹，弱其志，强其骨。""绝圣弃智，民利百倍；绝仁弃义，民复孝慈；绝巧弃利，盗贼无有。"孔丘不服，一片仁心救世，终于知智不可为，拽上子路，想乘桴浮于海。妻逝，大块息她以死，庄周挺欣慰的，他敲着瓦盆儿，歌唱爱妻的死亡。

人死，灯灭，纵身大化中：化为一片石、一棵树、一只鸭子……天堂之门，伊甸园之门，随即，訇然打开。

## 3

我摇头摆尾地走向池塘。

我在土里打滚、觅食：我往前拱，我往后刨。

我梗着脖子向天吼唱。我在深夜的小巷里吠叫。我声闻于天，在湿地，在沙洲，在野外。

我懒懒地抱着澳大利亚的桉树，斯斯文文地嚼着叶子。我啃俩小时，我发呆俩小时，我睡二十个小时。我在深山的老林里打盹儿。

我在空中，一边飞翔，一边和我的新娘交尾。

我在风中悄悄地结着我的种子。

春天里，我穿一树花衣裳，天天，灼灼，俏生生抖着。月夜，烟笼寒水，我站在湖边，笼一袭碧纱，柔情缱绻。

我在地头田脚砖缝里恣意地生长，一会儿枯一会儿荣。

我攀着篱笆，滴滴答答地吹喇叭。

我不择地而栖，我是笨笨的冬瓜，懒洋洋的，我滚在地里晒太阳。

我不知羞耻，像一只丝瓜，吊在藤架上，荡啊荡。

# 植 物

## 花

　　花儿很美。有多美？"美得像花儿一样。"就是埃及艳后克丽奥佩特拉极荣华的时候，她穿上戴上，也还美不过一朵路边的野花呢。人家是天生的。不化妆，不 PS，不凹姿势。人家不是故意的。它就是随随便便那么一美。人家也是没办法，不是故意气你。你气也没办法。

　　花儿香。每棵开花植物都是一尊佛，燃灯佛。植株是盏灯，花是灯盏，灯光是花香。佛光普照，佛法广大。花是佛开了口，花香是佛法。晦堂和尚问："什么叫'吾无隐乎尔'？"黄庭坚正要开口答，晦堂捂住了他的嘴。时寺院里桂花正开，幽香阵阵，晦堂又问："闻到了吗？"鲁直点头，"木樨香！"晦堂微笑："吾无隐乎尔！"黄山谷当下悟了。

　　也有臭的。泰坦魔芋花，尸臭味儿，汗脚男人三年不洗的袜子味儿。花高大，近两米，臭大发了。遗臭达百年许。够味儿的吧?可苍蝇喜欢。汝之砒霜,彼之蜜糖。香啊臭啊,美啊丑啊,好啊坏啊,都是人类的说法。上帝眼里没有。上天照拂"好人",也不放弃任何一个"坏人"。

花儿其实是植物的性器官。性是美的,而且纯净,比爱干净。那么坦荡,那么无私。君子坦荡荡,小人长戚戚。人类的爱终归有些可疑,有些小气,有些见不得阳光。所以谈恋爱,都趁天黑。植物不同。一朵花开,满世界就都知道了。有风媒,有蝶使,更有菌子建立的地下互联网络,让大家告诉大家,把这喜事、好消息广而告之。

"苔花如米小,也学牡丹开。"错了!苔藓不开花。袁枚的意思是好的,可这不科学。并不是所有的植物都开花。是时候到了,一些植物想,让我开我就开呗,就开了。开花的,也并不是非开不可。实在是憋不住了,忍无可忍,"嘭"一声,它说话了。

无花果有花。隐头花序,果实里藏着上千朵小花呢。你看不见不等于没开。无花果树开花的时候,无花果蜂就知道了——人人都有专人负责关注和爱,再丑再没出息的也有。它从秘密通道进入,专程上门来授粉。无花果给它留着门呢。

有的花花期短。木槿,又称朝开暮落花。鸢尾花也是。纷纷开且落,一日而已,忽然而已。你第二天看到的,已经不是你原来看到的那一朵了。你并不知晓。那朵凋谢的花委屈不?觉得委屈不?不。不患人之不已知也。

花期最短的是小麦，五分钟，一刻钟，半小时，开细细的小白花。开了，也像没开过似的。像一些人，平凡的人，多数人吧，都是默默地开自己的花，默默地结自己的果，默默地度过了自己的一生。小麦就没有让人惊艳的时刻？我们只关注人家的果实。我们只在乎我们自己。我们从没有真正关心过人家的成长。我们说，我们没时间哪。

并不是所有的花都结果。南瓜有谎花。是多么美丽的谎言啊！其实也不是说谎，它纯粹就为美一把，美给自己看！干吗非要结果呢？结果还不是被你们偷了去？不结，不结，就不结！

"不结就不结吧。"我笑着对一朵谎花说。

## 叶

叶子多绿色。叶子为什么这样绿？"叶绿素。"科学说。我不大迷信科学。科学太庄严，太认真，也太自信。所以常常显得滑稽。它有时只是一本正经地胡说八道。不怪它。科学是把尺子，尺有所短，总有那么一些领域或境界是科学抵达不了的。我侥幸知道一些科学以外的真相：绿植是佛，药师佛。绿色是佛给人类开的药。绿色让人平静。人类太多，太多的人类太贪鄙、太烦躁，得下猛药，加大剂量。

也有一些调皮的、任性的。"待我也红一会儿。"黄栌、槭树、乌桕、爬山虎……霜叶红于二月花。"脸红什么？""精神焕发。""怎么又黄了？""防冷，涂的蜡。"人一心只想红，不想黄，不想顶点儿绿。叶子想红就红，想黄就黄，想绿就绿。

天底下没有两片相同的叶子。叶子个性十足。每片叶子都是有追求的叶子。蝴蝶槐，一簇一簇的叶子像蝴蝶在开碰头会。大概叶子也有一个飞翔的梦吧。——但枯叶蝶是蝶，不是叶。它只是对叶子着迷，整日价神神道道地假扮叶子的模样过日子。三角梅，又叫叶子花。叶非叶，花非花。叶子说："看，我也是可以开花的。"鹅掌楸的叶子像马褂，大概是中国传统文化爱好者，应该也爱听相声。相声演员穿马褂才像说相声的。秋风至，秋叶黄，漫步在北京的胡同里、小巷中，俯身，你就可以随便捡到一件黄马褂，荣耀极了。银杏喜欢民族舞。银杏叶如小扇，微风拂过，扇子齐刷刷地唰啦唰啦抖着，美极了，又像是在为世界鼓掌。演员们低调，躲在扇子后，不露脸。

叶子低调，低到了尘埃里。叶落时，也是面朝黄土背朝天。顶低调的，是地上的小草。它们穷得好像只能拿出些叶子来招待大家。我一直还以为它们都不开花，不结果，也没名字。沿阶草、黑麦草、玉带草……人家有！是你不知道。你不知道，人家也不在乎。你知道不知道吧，人家自己知道自己有。叫啥名儿，人家妈妈知道就够了。你知道了能怎样？你又不是人家的妈妈。话说回来了，人生一世，草生一秋。有名没名的，还不都是一生？

叶落归根。叶子像日子一样，看着蛮多的，兴许一夜之间就没了呢。凡出生的，都要死亡；凡多彩的，都要归于素白。高了，低了，归根结底，都要归根的。悲伤么？不。是回家了。

## 果

开花的时候都是一样的。一样美。结果，就不同了。那时候，我们很容易就辨识出杏、李、桃、梨来。这时候，一些"诸葛亮"就会出来说："看，我早说过是桃子吧？我早就看出来它会有出息！这硕果累累的！"

花，是浪漫主义的。

果实，就没有那么些花式的"作"了。叶芝说："阳光下抖落枝叶和花朵，现在我可以枯萎而进入真理。"真理总是赤裸裸的。果实，多数简单、朴素、平和，是中年以上的风情。中年以下的人，多半欣赏不了。他们只看得见那些看得见的喧嚣的美丽。

人现实，多以成败论英雄。"结果呢？"人们问。"我只看结果。"人们说。"没结果？你等着，有你好果子吃。""结果了他！"

植物的果是为自己结的。果实里，藏着自己的种子呢。外果皮、中果皮、内果皮，里里外外、层层叠叠、严严实实地包裹着植物的心事、秘密，和整个种族传宗接代的基因密码。果壳里，是一个又一个打包了的宇宙。打开时，春天就来了，未来就来了。

不孝有三，无后为大。为了保护和传播种子，植物也是绞尽了"果"汁，三十六计都用遍了。带钩的，带刺的，带毒的，穿戴一身铠甲的。榴莲臭，也常常供老公下跪用。蜡梅的果子，又叫土巴豆，你猜，效力如何？蒲公英借东风，椰子靠流水，老鹳草安装了弹射器，花生自个儿就把花生果埋进了土里。色诱之外，葡萄、李子还要肉偿：忍痛割肉贿赂鸟、兽、虫、人。"肉你吃，汤你喝，麻烦您老，能不能把我的核儿留个种儿播撒出去啊？"咖啡豆命运多舛，被麝香猫吃掉，排下，又被人类捡拾了去，烘了，磨了，泡了，喝了，叫猫屎咖啡。据说极香。

仅仅有智慧是不够的，有时还需要十分勇敢。松树勇气爆棚。它把未来寄托在松鼠的忘性上。松鼠爱松子，总会埋藏些储蓄点儿过冬，总有一些会忘记吧？松鼠忘记了，松树就有希望了。更勇敢的是另一些，它们寄希望于人类的记性和良心。真勇敢！他们不知道？人没良心，还是忘性大的动物。哦，也不全对。君子能记十年的仇呢。嗯，恩，是转过脸就忘了。

水蜜桃一颗红心，两种准备。最好是嫁接。指望不上外人（人，都是外人），就自个儿努力生长吧。吃了水蜜桃，"呸"一声，桃核被吐在院子里，哼哧哼哧地长出一株桃树，噗，噗，开几朵桃花，五六年，哼哼唧唧地扭扭捏捏着结出桃子来。结果，果，不是水蜜桃了，是硬邦邦、笨乎乎的毛桃，怎么也不肯变水灵。不怪它。自家的娃儿自家疼。总还可以做蜜饯吧，总还可以做罐头，不算一无是处。

## 后　记

植物是人的亲人、人的友人、人的恩人。植物都应该只是观赏性植物。长叶了，我们赏叶去！花开了，我们赏花去！结果了，我们赏果去！人家好看你看看就好，不要动手动脚，非礼人家。要知道，赏花，都已经是罪过了。别贼一样惦记着人家了。不如，退而结网，咱回头长自己的叶子，开自己的花，结自己的果子去。

植物也是人的师长，是禅者，是一片婆心的佛。他们仰望天空，他们伫立不动，他们一无所求，他们沉默不语。他们默默无语，可总是无言地说着些什么。说什么呢？说法呢。你听！于春日，你立于花前；于炎夏，你卧于叶下浓荫里；于晚秋，你捧起沉甸甸的果；于严冬，你悄立在树旁，你且听……

"矿物是宇宙语言，植物是人间语言。"你听得懂的。

## 唤 醒

早古以前,那个蛮荒的时代吧,万物都还没有名字。那时候,也不需要名字的。万物之间,都直接用心交流,心心相印,灵犀一点通,和谐和睦。

早古以前,花哪,草哪,牛哪,羊哪,虎哪,豹哪,青蛙与蚂蚁哪,都是简单的、快乐的、不设防的。蚂蚁说:"我饿,想啃骨头。"老虎说:"朋友,你稍等!"就随手掰下自己的一条虎骨来,说:"来,来啃!"那时,叶子常年绿,花儿是四季开放的。

后来……

后来就不是了。

后来,万物之间不再有爱,有了隔阂。都把自己的心、爱、信任,自己的美,一一收拾起来,打包,藏在了"名字"里。等,等对的人来唤,来唤醒。

就这么着,到了今日。

现在是这样的:叶子,只在自己欢喜的时候绿;花儿只在遇到自己喜欢和喜欢自己的人时才开。会有那么一天，有那么一个人的吧？他也知道自己真实的名字，那把打开自己灵魂的钥匙。

——乱叫的名字，它们是不认的，是听不懂的。你唤它们，它们是不答应的。要么，就装睡。

——什么"能吃的草"呀，什么"能烧火的树"呀，什么"能泡酒的虎骨"呀，什么呀，什么呀！这都什么名儿啊。

有年冬天，我走过花园。到处红消翠减，雪积冰封。我微笑了，轻抚着一块顽石，说："我认得你的。你是@#¥。"石头点点头，开花了。石头花。我转身，回头对一株干枯的牡丹说："&*#，有点儿冷，是吗？"&*#摇摇头，"哗——"，开放了。我一路走，一路叫着它们的名字，它们也一一打开了自己。我走过后，春天就来了。鸟语花香，水流潺湲。

唤醒人，要困难些。不但要叫对他们真正的名字，还需要用他们喜欢的腔调与特有的频率。我与妻子是廿年的老夫妻了，也都没叫对过一次。也许，要花整整一辈子。兴许，一辈子都叫不醒呢。

"频呼小玉原无事，只要檀郎认得声"，女子都等不及了呢。唉——

# 人间草木

## 含羞草

含羞草,羽状复叶,对生,文文静静的,羞羞答答的,像是萌萌哒的少女萌萌哒的长睫毛。"和羞走,倚门回首,却把青梅嗅。"毛眼睛,一撩,一眨的,让你心里一动。

又名知羞草,感应草,呼喝草,怕丑草。

草倒会害羞!

人,有些不怕丑、不知羞的。做了害羞的事儿,自己浑然不知。底线低吧。他们并不是故意的,是真的不知道。

有一些,是一时忘了。这种人是多数。你要是肯帮他回忆的话,他还是会慢慢记起来的。

某日,门人逮住一位梁上君子,押送到王阳明面前。

"大人,大人,人常说'贼没良心,贼没良心'。你却说人人心里有良知。贼也有良知吗?"

王阳明笑了。

"来人哪,"阳明先生下令道,"扒掉这位先生的衣服。"

扒掉一层,小偷面不改色心不跳。两层,心跳不已。三层,脸色变了。第四层,就是内衣了。小偷告饶。他羞惭了。

小偷也是有羞耻之心的——如果受到惩罚的话。

害羞也是一种能力吧。

会害羞的女人,简直迷人极了!像一株含羞草,不胜寒风的娇羞。在男人的眼里,分明是一朵含笑的花。

有一种花,就叫含笑,很美。

## 痒痒树

据说,痒痒肉多的人,喜欢"她"的人就多。那么,许多人,该是喜欢紫薇花的。白居易就是其中之一吧。"独坐黄昏谁是伴?紫薇花对紫薇郎。"白居易吟道。中书省,又称紫薇省。他那时是中书舍人:紫薇郎。他大概有些春风得意,觉得紫薇花都爱上他了。(紫薇花语:女性。)

紫薇花,又称痒痒树,或者怕痒痒树。紫薇树皮极易脱落,露出或青或白的娇嫩肌肤,用指甲轻搔,则枝叶俱动。你动它,它就会感到,会感动。感动到枝叶震颤起来,簌簌地响,窃窃地笑似的。

人不大容易感动，倒容易生气。我老婆就这样。好在容易哄。她痒痒肉多，紫薇花一样的。我一挠她胳肢窝，起先她还紧绷着脸，不几下，就咯吱咯吱地笑起来，没事儿了。大概到底还是因为有爱打底吧。（紫薇花语：沉迷的爱。）

紫薇花期长。花无百日红。紫薇又名"百日红"。愿爱长驻，愿和平永久。愿人类有这样的好运气。（紫薇花语：好运。）

## 虞美人

有一种草，茎弱叶长，花开娇艳，无风亦自摇，如一位美人，展颜巧笑，蹁跹起舞，妩媚可爱，楚楚动人心魄：虞美人。

"春花秋月何时了，往事知多少。小楼昨夜又东风，故国不堪回首月明中。"李煜悲国破。"曲阑深处重相见，匀泪偎人颤。凄凉别后两应同，最是不胜清怨月明中。"纳兰忆恋人。《虞美人》似乎总是和离愁别恨、家国悲歌联系在一起。

不奇怪的。虞美人，相传为虞姬所化。

当年被围垓下，霸王悲泣："力拔山兮气盖世，时不利兮骓不逝。骓不逝兮可奈何？虞兮虞兮奈若何？"虞姬含泪起舞，歌以和之："汉兵已略地，四方楚歌声。大王意气尽，贱妾何聊生!"歌罢,婉转伏剑而死,血溅当场,化而为花、为草,直到如今犹自舞不停。

虞美人,是看似娇弱,实则坚贞的美丽的花草。

草木有情。大概每一株花草,都是一个人的精魂所化吧,都与人有一段难以忘怀的情愫,难以割舍的曾经。只是我们一时忘却了。

或者我们每个人前生前世都只是一株花草罢,来今世了结一段未了的尘缘。就像绛珠草幻化为林妹妹,来报答神瑛侍者的溉濡之恩。

我猜,该有一种草,叫霸王草。不晓得它这辈子变成什么样子了。

林妹妹是来还泪的。亲爱的,你是来还什么的呢?怎么还人家?

## 羊踯躅

羊踯躅,就是杜鹃花。开黄花的,叫黄杜鹃。开白花的,叫白杜鹃。开红花的,就是映山红了。花,漂亮!多生南方。韩昌黎被贬南荒,也不忘写诗赞道:"踯躅闲开艳艳花。"电影也有拍,歌里也有唱:"漫山开遍呦,映山红哎……"

凡漂亮的,多有毒。黄色的,尤其毒。黄赌毒嘛。(男人多有这方面的教训，但多数屡教不改，也算一种痴情吧。）

也有人说羊踟蹰单指野生黄杜鹃。"气味辛，温，有大毒。""羊食之则死，羊见之则踟蹰分散，故名。"又称羊不食草。

羊都知道不该食。人，尤其是男人，知道不该也吃。有时还专做给别人吃。汉华佗的麻沸散，宋的蒙汗药主要成分就是这东西。蒙翻了多少好汉哪。和酒同食，毒性尤烈，故又名"一杯倒""三钱三"。但更可以用来祛风、除湿、消肿、镇痛、疗疮。行侠，还是作恶？一念起，一念灭，一念之间尔。

踟蹰，徘徊的意思。我蛮喜欢这个词的，总想象出一个人低着头，沉思着，犹豫着，徘徊着，在走廊，在门外，在路边，在树下，来来回回地走，时不时吸一根烟，踢一脚不相干的石子的场景。踟蹰的时候，人还是自己的主人吧？还能做自己的主。他还在选择，他有选择。

《蒿里歌》："蒿里谁家地，聚敛魂魄无贤愚。鬼伯一何相催促，人命不得少踟蹰。"人，那时，都没选择、犹豫的机会。羊是良善的，上帝对它也算慈悲的吧。它还可以稍稍踟蹰一下子。

只是，到底踟蹰而死了。

那时，它在犹豫什么呢？"To be, or not to be,

that's a question."吃,还是不吃?生存,还是毁灭?这是一个问题。它只是羊,但它一定也在想着些什么。

### 猪殃殃

猪食之即病恹恹的。

那么,羊吃了会怎样?猫吃了会怎样?大概不会遭殃吧。羊,猫,对它该有免疫力。天生一物,就必生另一物去降它,还是一对一的,专"人"负"专责"。这叫天敌。

和人一样。有的人是专克某个人的。譬如老公和老婆,女儿和爸爸。情侣,多是怨偶。我有一朋友,打架斗殴,吃喝赌抽,彪悍跋扈,不可一世。唯听得娘子低低娇唤一声,即灰溜溜地讪讪回家,跪榴莲去了。此事殊不可解。

当然,俗话也说了,有个唐僧去取经,就有个白马去驮他。这叫"贵人"。

此皆自然之理也。

### 猫薄荷

人是猫的宠物。

我不说,你还以为猫是人的宠物呢。猫是傲娇的女神,有华丽的外貌、犀利的眼神、挑剔的胃口、独来独往的性格。

偶尔，卧到你的膝盖上，喵呜喵呜唱两声，算是翻了你的牌了。你该受宠若惊。

我有时会给她上贡些猫薄荷。嘿嘿，也是报仇。

猫薄荷，又称荆芥、猫草，是猫的春药、毒品，是猫的贵人，也是猫的克星。猫一吃到，就嗨到不行：摩擦，翻滚，袒腹，仰躺，扭曲腰身，打喷嚏，乱咀嚼，喵喵叫，如醉如痴如狂，丑态百出，一副骚浪贱的样儿。哪里还有半点儿淑女、贵族的姿态？

猫无疑是爱猫薄荷的。

爱什么，就死在什么上。大概也是怕的。爱就会怕。

## 忘忧草

康乃馨是欧美人的母亲花。欧美的小妈妈们，朵朵都像花儿一样，见了你会叫出声来："哇哦，美！"个个漂亮、洁净、优雅、从容。中国的母亲不这样。中国的母亲是草，萱草。

萱草，多年生草本植物。花色金黄，形态若针，可做菜，别名金针菜、黄花菜。食之，可健胃、通乳、补血，可健脑、抗衰、降低血压和胆固醇，叶能安神，根能利尿。这些，也都正适合一位老母亲。好奇怪，我印象里我妈妈总是那么老。大概妈妈都是老的吧。仿佛她们从来不曾年轻过。

萱草，耐瘠，耐旱，易受黄斑病等各种病害侵扰，也正像一位母亲一样。

晋张华《博物志》里说："萱草食之令人好欢乐，忘忧思。"故还叫疗愁草、忘忧草。这就尤其适合母亲了。人世间，世人可忧可愁的事儿本来就多。当母亲的，就更多了。

萱草，正是咱中国人自己的母亲花。古以萱堂代指母亲。"北堂幽暗，可以种萱。"昔日游子远行，常于北堂种萱草，希望减轻母亲对孩儿的思念，忘却不必要的烦忧。减轻了么？并没有。孟郊《游子》："慈母倚堂门，不见萱草花。"世间闲草木，哪得疗人愁。我有一同事，儿子出生了、长大了、出国了、工作了、结婚了、生子了。我祝贺她解脱了。她说："哪能啊？一辈子的事儿，唉，半点不由人的。"春蚕到死，忧思方尽。

黄花菜不易消化。今天吃了，次日还会在卫生间里发现它。所以，又名"see you tomorrow"。

忧伤也是。你本以为消化掉了，忘却了，第二天睁眼就又会看到它："See you tomorrow！"

"See you tomorrow？"母亲呵，不用再为儿女的明天担忧。"Tomorrow is another day."

## 合欢花

嵇康，字叔夜，竹林七贤的领袖，魏晋时期著名的思想家、音乐家、书画家、文学家，帅哥，兼行为艺术家。生平主要事迹：表演狂，狷，愤世，嫉俗，真性情，放浪形骸，越名教而任自然……直白点儿说吧，他就是个愤怒的青年。一个人年老了还愤怒，是没智慧；年轻时不愤怒，是没良心。

不巧，嵇叔夜有良心。

他拒绝与当局合作。司隶校尉钟会钟大人来访，他于门前柳树下赤膊锻铁不顾。不理不睬也就罢了，临了，还笑嘻嘻地问人家："何所闻而来，何所见而去？"

有良心也就罢了，还有才华。有才华也就罢了，还有脾气。有脾气也就罢了，还这么天真烂漫。

这就危险了。

"嵇叔夜之为人也，岩岩若孤松之独立；其醉也，傀俄若玉山之将崩。"见过的，都惊为神仙。到底不能如神仙太上之忘情啊，还时时惦记着人间的苦难与不平。又学不会阮籍借酒避世。他只有种种合欢。

合欢花，树姿优美，树冠开阔，夏日里绿荫清幽，解躁纾闷；羽状叶昼开夜合，与时俯仰；粉红色绒花吐艳，气微香，味微淡，像极了跳广场舞的大妈手执的羽扇，极易形成轻柔、和畅、融洽、欢乐的气氛。晋嵇康《养生论》云："合欢蠲忿，萱草忘忧。"晋崔豹《古今注》云："树之阶庭，使人不忿。嵇康种之舍前。"

可叹嵇康终为钟会构陷而死。《广陵散》，从此绝矣。

大概是因为钟会那边没种合欢吧。仅仅自己单方面种是不够的。

## 止贪木

人间多少怨怒纷争，都源于一个"贪"字吧。人生有限，人的贪欲无限。贪生，贪财，贪权，贪色……

"贪"和"贫"，有点儿像。贪婪的时候，人的眼睛就小了。视野小，世界就会很小，生活就会很贫乏。

有没有一种可以治贪的草木呢？

有吧。世界那么大。

可以找一找。

可先找一贪官……呃，不用了，就随便街头拉一个人过来吧，对着他，念《本草纲目》，并时时察言观色。倘念至某一草、某一木，那人忽然神色一变，变得放松了、坦然了、从容了、平和了、喜乐了，那就是它了。

然后，满世界推广种植去吧。

此木可唤作止贪木、解忧花、蠲忿草、戒色树、从榕、放松、和枰、喜栎……总之，随便什么啦。

## 人间草木

古时候，人类和草木鱼虫都还相亲，草木鱼虫和人类也走得很近。倘若你穿越回去，会常常看到人们对着花花草草自言自语。你会以为他们是寂寞了，孤独了，无聊到发疯了。不是的。那是他们在和草木交谈呢，交流感情呢。相互间，也都能接收到对方传来的信息、善意与温情。相濡以沫，守望相助。

他们真幸福，他们真幸运。

现代，草木都背过脸去，闭了嘴，不和人玩儿了，不理我们了。

人间自人间，草木自草木，是两个世界了。

现代人，孤独啊。

# 小草三帖

## 1

　　草是贱民。像寻常百姓，常被蹂躏践踏。草柔弱，但顽强。草蔑视冬的冷，蔑视夏的热。人生一世，草生一秋？才不是呢！秋黄春绿只是草的一个昼夜。冬时犯困打个盹，春来就醒了，浓浓地绿着。野火又何曾烧尽？"春入烧痕青"，"春风吹又生"。草对春天有信心，草对自己有信心。

　　草是野草，不愿被那些贵族们养在盆里。"妾是庶民，不乐宋王。"草天然地亲近草民，让他们吃自己穿自己住自己用自己。百姓是草的自己人。

　　世界是草喂大的养大的。这简单的真理人们都忘记了。草也不记得了。看看吧，草穿在脚上是鞋——当年红军靠它过雪山；戴在头上为帽——你听过《草帽歌》的；炒在盘里是菜——地里的庄稼是人的食用草料；煎在锅里为药——《本草纲目》是草的一小部分家谱。

抄一段在这里,为草撑腰,为草作证:

甘草 亦名蜜甘、蜜草、美草、草、灵通、国老。气味(根)甘、平,无毒。主治:1. 伤寒咽痛(少阴症)。用甘草二两,蜜水灸过,加水二升,煮成一升半。每服五合,一天服两次。此方名"甘草汤"……

## 2

小草心细如发,做起事来从不粗枝大叶,草草了事。行军的小草队伍浩浩荡荡,远走天涯,却从未踩伤过一只蚂蚁。小草小心,小草小心但不小气。小草有海一样辽阔天一般宽广的胸怀。

当然啦,小草长得确实有些潦草,那又怎样呢?又不去参加别人的婚礼或跳舞比赛。倒是爱跳舞(街舞,不是跟风),但不爱比赛。小草不喜欢规矩。写起书法来也是草书,毛体的。潦草是常人难以企及的一种境界。

修葺过的草坪上的草则是参加"春主席"的阅兵式的。田脚地头砖缝间的是逃逸的诗人。墙头草其实不是两面派、骑墙主义者,而是草王国的哨兵、侦察兵。左摇右摆是他发出的暗语信号:"风左来了,又右去了。"禽有禽言,草有草语,人哪儿懂？以小人之心度小草之腹，你以为它像人那般无行？

## 3

草是女性。有颗女儿心，有颗慈母心。草怜爱她脚下的土地，那是她的母亲。草对大地有母女般的亲情、恋人般的爱情、朋友般的友情。草小心地为大地盖上被子，草还把自己做成大地的装饰。春草谦卑地伏在人脚下，她不是爱护人。人是脏东西。土地是小草的收藏，她爱护她的收藏，她把自己垫在脏东西的脚下。小草不是长不高。她只是不愿离母亲太远。她总爱依在地母的怀里，贴着身贴着心，相濡以沫。大地的小草，母亲的小棉袄。草不愿长大，长大的是她大哥，叫树的家伙。花还小，风张风势的，被宠坏了。草是她的小哥哥。

草是情种。诗人吟道："小草（咳咳）不是无情物，化作春泥更护花。"诗人吟道："青青河畔草，绵绵思远道。""思念恰如春草，更远更远还生。"缠绵死了！让人想起电影《小花》的插曲："妹妹找哥泪花流，不见哥哥心忧愁。"看哪，一群群小草到处流浪，四处奔波，像一批被上帝遗弃的孩子在寻找母亲，像一群难民在寻找失去的家园。

我爱小草，枯的，绿的。

## 碧桃开，碧桃落

碧桃花开了。

一叶不挂地，赤裸裸地开着……像一群叽叽嘎嘎大声说笑的妖艳"贱货"，簇拥着、推搡着，目中无人，肆无忌惮。小院儿也像被开了脸的新嫁娘，闹嚷嚷地喜洋洋。

路过的人们纷纷驻足，指指点点。不路过的，也特地绕过来，往花丛中挤进自己的一张笑脸。人面桃花相映。——再拍一张，留住它的青春和"我"的"青春"。人家这样子轰轰烈烈地青春着，你竟然这样子无动于衷、面无表情地走过，不单单显得你无情、绝情，也说明你是个叮当响的"穷人"，铁定没有过热烈的爱情。"我也是年轻过的人呢。"不由自主，你自己都毫无察觉地，黯然叹息了一声。

碧桃大约是"00 后"，有"00 后"的心态：只求刹那芳华，一时快活。快活一时，也就算不负这艰难一世了。

值了。

燃烧吧！青春。

不几时，绿叶成荫子满枝。

只是再也没人去注意那掩映于叶丛中的繁星点点的桃子了。谁会去关注碧桃呢？又不好看又不好吃。

"草木有本心，何求美人折。"一年一年，碧桃还是结了满满的一树又一树。

碧桃落了。空落了一地。

——它是树中的西西弗斯么？绝望地，一番番推石头上山。无望地抵抗着什么。

我猜它不是。

碧桃结果，只是因为时候到了。结就结了，不结不舒服。

结了以后呢？它没想过。

# 牡丹，花之富贵者也

## 1

汪先生曾祺爱花草。笔写花草，手绘花草，更常带着孩儿们去中山公园遛弯儿，看花草：春赏牡丹，秋赏菊花。赏菊花？嗯！赏菊花！看牡丹？嗯？看牡丹？他不该观梅花、赏春兰么？

在真正见到牡丹花开前，我是打心眼儿里厌恶牡丹的。"牡丹，花之富贵者也。"富贵，是有多俗，有多讨厌。"宜乎众矣！"那么多人喜欢，我就不喜欢了。

也用不着我喜欢吧。

## 2

大概也因为我天生仇富，蔑视权贵。

当然，主要的，我不是仇富人，我是纯粹地仇"富"。

钱这东西，少固不佳，多了，也容易损坏德行：男人有钱会变坏，女人变坏为有钱。人会变得贪婪，变得骄慢，会以为天下没有什么东西是买不来的，只要自己"开出一个无法拒绝的价格"。——唉，貌似多数时候还真是这样子的。

我也不是仇"贵"，我只是多少对权力有些看法。权力是春药吧，容易让人生发出一张发情的脸。在台下时，人模人样，上台后，做张做势、乔模乔样的，就不好看了，就难看了。

富贵于我如浮云。

## 3

我第一次被"富贵"惊着，惊心动魄地惊到，惊得称美不已、赞不绝口，是在今年谷雨时节。公园闲逛，转角，蓦然看到一丛丛怒放的牡丹：哇，果然国色！果然天香！

原来，富贵，还可以这样富贵哪！

牡丹的"富"，是正道上的。它的富丽，是坦然的、淡定的、阳光的、大气的。不矜持，不害羞，不显摆。不是故意要名动京城，香欺百花，艳擅三春，可也不藏拙。

"我就是这么美的啊！"

"我就是这么香的哪！"

时候到了，哗的一声，嘭的一下，抖开来，但见花起楼台，蕊放层叠，粉白黛绿，魏紫姚黄……像一片七彩云霞落在了枝头。

也是花中贵族。贵，是有所不为，有担当，是知进退、有分寸，是处处尊重他人，时时都有生命的庄严与体面。威武不能屈，贫而乐，富而好礼，就是贵了。

当年武则天醉酒，白雪皑皑时，草诏："明朝游上苑，火速报春知。花须连夜放，莫待晓风吹。"百花慑于淫威，莫敢不从，唯牡丹断然抗旨，被贬洛阳邙山。穷乡僻壤里，牡丹叶更盛，花更艳了。女皇恼羞成怒，施以斧钺，再纵火烧。牡丹骨焦心刚，依然初心不改。第二年，开得更欢了。是为"焦骨牡丹"。

牡丹有傲骨，无傲气。它谦逊，也智慧：长一尺，退八寸，舍而得，退以进，年年如此。

牡丹生得绚烂，凋得壮烈。是去的时候了，就毅然、决然地去。不像杜鹃、三角梅、大花紫薇，时时想霸住舞台，贪恋生，贪恋虚荣，都有些脏相了，还硬站在枝头，迟迟不肯凋落。不体面得很。

牡丹，花之富贵者也！

# 4

古时，中外还多有贵族。饿死不食周粟的，是夷、齐；

被诛了十族的,是方孝孺;秉笔直书,络绎不绝前去赴死的,有齐太史——那是满满一个家族的贵族哪;泰坦尼克号沉没,船长与船俱沉;路易十六的王后安托瓦内特上绞架,不经意间踩了刽子手的脚,下意识地,她说:"对不起。你知道,我不是故意的。"

我们现在的人吧,活得都不大"贵气"!

富人多,贵族少。又富且贵如牡丹者,寥寥耳,二三子。

## 桃花红，杏花白

树里面，最像美人的，是杨柳。杨柳依依，多情，多姿！"奴家蒲柳贱质，愿侍巾栉，荐枕席……"一听，心都醉了。

花里面，是桃花、杏花。不是梅，梅是贞士；不是兰，兰乃君子；不是水仙，水仙凌波如仙子；不是菊，菊太高冷；不是海棠，海棠太像新嫁娘；不是牡丹，牡丹者，富贵中人也！

是桃、杏，首先，美！"杏脸褪红，桃腮中酒，多情月姊蛾眉绉"，冰姿玉肌，轻红浅晕，美艳不可方物。

更因为，她们红颜命薄，如纸。——"最是人间留不住，美人迟暮花辞树。"

杏花素淡、雅洁，先花后叶，多单瓣，皆如梅。"烟姿玉骨，淡淡东风色。勾引春光一半出，犹带几分羞涩。"这是什么？这是梅花？也可以是杏花哎！"疏影横斜水清浅。"这是梅花？！说杏花亦可！"杏花疏影里，吹笛到天明！""因莲而得藕，有杏何须梅！"只是杏花更单薄、娇弱，吹弹可破似的——更惹人怜香惜玉。

"众女嫉余之蛾眉兮,谣诼谓余以善淫。"孔子杏坛设教垂范千古,董奉杏林悬壶誉满全国,杏花的名声仍是不大好。杏树,人说是"风流树"。"种杏不实者,以处子之裙系树上,便结子累累。"真的吗?李渔造谣。"春色满园关不住,一枝红杏出墙来。"有人曲解叶绍翁,他们故意的。"最含情处出墙头""粉墙斜露杏花梢",三人成虎,唐吴融、宋张良臣终于坐实了杏花的罪过。呵呵,杏花何罪?怀璧其罪。只是人性、人情本来如此,也怨不得。我每每觑见美女伴拙夫,怀里还抱着个丑兮兮的"猴子",也会忍不住呵呵三声,恶意满满地想起那句"花褪残红青杏小"的句子来。

杏花白。

杏花是清白的。

农历二月为杏月。花神杨玉环,马嵬坡前,六军不发,君王掩面,花钿委地,雪肌玉貌碾作泥。有老妪拾得贵妃锦袜一只,展览收费,竟一夜致富脱贫。人们逼死美人,又消费美人。大体人情如此,人性如此,怨不得也!

桃花红,光艳照眼明,宛若雪上泼血。桃花柔弱,却也是刚烈的性子!

桃花花神息妫,春秋四大美女之一。据说生得目如秋水,面似桃花,人称桃花夫人。"桃之夭夭,灼灼其华。之子于归,宜其室家。"嫁于息侯，琴瑟和谐。楚王艳羡，遂灭息国，据为己有，宠爱有加。然后呢？"莫以今时宠，难忘旧时恩。看花满眼泪，不共楚王言。"轻薄么？

桃花花神也可以是尤三姐。《红楼梦》里，最爱尤三姐。"这尤三姐松松挽着头发，大红袄子半掩半开，露着葱绿抹胸，一痕雪脯。底下绿裤红鞋，一对金莲或翘或并，没半刻斯文……"艳帜高张，泼辣辣春意闹嚷嚷，又能贞静自守！一旦耻情，即以自刎捍卫清白。"顿时，揉碎桃花红满地，玉山倾倒再难扶。"轻薄么？

还可以是李香君。《桃花扇》中，艳若桃李李香君，誓死不再嫁，以头触壁，血溅宫扇酬知己！轻薄么？

说什么"癫狂柳絮随风舞，轻薄桃花逐水流"，说什么"东风吹树无日休，自是桃花太轻薄"！轻薄么？

罪人榜：风神飞廉、封姨；雨师赤松子；楚文王；唐明皇；柳湘莲；阮大铖；诗圣杜甫；诗人吴融、张良臣、叶绍翁；戏剧家李渔；狗仔队；广大无辜群众；书生……

功臣榜：陶渊明；林黛玉。

噫，安得猛士兮守桃源，大庇天下红颜俱欢颜！

噫，花飞莫遣随流水，怕有渔郎问……

噫，慎勿识得林和靖，免惹诗人说……

# 迎春花开

## 1

迎春花开时,春天才来了。

迎春是野丫头,又野又土的乡下丫头。水边、石缝、乱土堆旁,不择地而生,乱蓬蓬的,不管不顾,枝叶披离,远望黄澄澄,一簇一簇小火苗似的,近瞧,翠玉镶金!开得率真、肆意、不讲究,像一盆米黄色的小星星泼溅上去了。

迎春,被称为"僭客"。这叫什么话?!不讲理了这是。说是冬末春初,冰雪未融春寒料峭时,花神垂问:"哪位爱卿愿冒严寒,忍寂寞,前去人间报春哪?"众皆默默。独独一个穿着鹅黄色小花裙的丫头毅然挺身而出,娇羞、纤弱,而又坚韧、自信!这就是迎春姑娘!要说僭越、不安分,也该是梅花啊。"万花敢向雪中出,一树独先天下春",小寒时节就抢先两步开了。大概因为梅花冰姿玉骨,"高贵",人就不忍说它了。不比迎春"卑贱"。明人张丑《瓶花谱》封她为"七品三命"。傲下者必谄上,又奉承水仙为"雅客",爵位"一品九命"。人如其名,张丑一定丑到没边儿了。是花,都是美的!不同的美,但,一样地美!

真该赐她一条金腰带哪!——迎春,又名"金腰带""串串金"。

"纤秾娇小,也解争春早。占得中央颜色好,装点枝枝新巧。东皇初到江城,殷勤先去迎春,乞与黄金腰带,压持红紫纷纷。"争春?殷勤?乞与?压持?她才不呢。迎春花,是朴素的花、低调的花、谦逊的花。她只尽情绽放自己的美。"俏也不争春,只把春来报。"待到桃李烂漫时,这野丫头,她早悄悄跑了。

## 2

迎春花,爱情的花儿。

迎春枝条劲健,墨绿,细长,如荆藤。相传大禹治水时,至涂山,遇女娇,爱而不舍,结拜成亲。匆匆离别时,大禹解开束腰荆藤,留作纪念。小妻子目光坚毅,泪光点点:"我会等你的,一直等!等到洪水歇息,等到荆藤开花……"春去了夏来,秋去了冬至,几番风雨几度秋,待到某年初春,大禹归来时,妻已化石,手里仍然握着那根荆藤。一时大禹泪飞,顿作倾盆雨,孰料,泪洒荆藤,荆藤竟开出朵朵小黄花来!一朵朵小花,点点滴滴的,都是妻子的喜悦哪。

我站在迎春花丛旁,心里也满是爱的喜悦。

## 3

迎春花,生命的花儿。

我们老家的习俗吧。亲人去世后,起坟时,都会撒些迎春的种子进去。过些日子,清明扫墓,再去看时,已是蓬蓬勃勃、生机盎然的一丛丛了!

在死亡面前,人人平等。

在春天面前,也是哪!生者,逝者,富者,贫者,贵者,贱者,都依例,迎来了同一个生机勃勃的春天。

# 看花小记

## 看花到最后

"二十四番花信风。"梅花，水仙，山矾，迎春，杏花，桃花，海棠，牡丹，荼蘼，苦楝……

花儿们应时而开！

我应邀，依时去看，一路看下去。——花儿谢了，我也并不哀伤，晓得她们是应时而逝的。

花儿谢了，我就看叶；叶子凋了，我就看枝……

"枝儿折了，树遭伐了，根被除了，你看什么？"

"我看空。空的一切，一切的空。"

可惜，可惜，世人总是能看到点儿什么。被色迷了眼，看不到底。

## 我认得你

公园里，植物多。

春天来了，百花齐放，百般红紫斗菲芳，各自逞着自己最美丽的模样。游园的人指指点点，"看，杏花！""看，桃花！好美哦。""看，桐花。有淡淡清香味儿噢！"

冬日，杏树、李树、桃树……都成一个模样了。走过的人，走过去了。

树啊，草啊，我欣赏你开花时的盛姿，也识得你枯干时的样子。繁花似锦时，人人爱你。叶落后，我仍然看得到你，认得你，并深深地懂得，你，还是那个你。

## 花儿为什么这样红

公园里姹紫嫣红开遍。

我教妻子识颜色："这是粉红，这个浅红，这个桃红，这个酡红，胭脂红，海棠红，石榴红，大红，绛红，火红，嫣红，枣红，殷红……"回头瞧时，正看到一株老树，花开不似去年红。想，也许，是我错过了它最"兴"、最"欢"的时节吧。也许，只是它现在不太高兴开。花开也要看心情的。

"这是种什么红？"妻问。

"这种红叫,想怎么红,就怎么红。"
"噢。"

## 花儿为谁开

公园僻静一角,寂寂无人处,几株贴梗海棠,纷纷纭纭地开了。

寂寞红。

我每次去,都要特地绕道过去,去探望她们。

海棠开得艳!新嫁娘似的。

你未看此花时,此花与汝心同归于寂;你来看此花时,则此花颜色一时明白起来。

我是特意去看海棠的。

——我去看她们,好像她们是专为我开的似的。

——不是的。她们不为谁开,更不独独为谁开。她们只是开她们的。而我刚好路过,恰巧看到了。看到了,乍相逢,一时欢喜。就又路过了一次,又一次……

## 访桃花不遇

听说他们都去晋祠看牡丹了,我于是去桃花沟看桃花。

不凑热闹,往低处走,大体是我的人生取向。

牡丹呀,我不是不知道你的美,你生命的绚烂与短暂,我不是不懂得珍惜,不是不想和你相遇在你最美丽的时候。不是!只是,去拜访你的人太多了,而我,恰好是个不喜欢凑热闹的人而已。

我自然也并不刻意回避热闹。碰巧赶上了,也就赶上了,就凑过去瞧一瞧,是随波逐流去看你。

这时节,桃花也该开败了。

但,人间四月芳菲尽,山寺桃花始盛开。也许有那么一朵、两朵桃花姗姗开迟了呢?

也许正开得寂寞呢。

到谷口,遥遥一望,桃花不知何处去,人面依旧笑春风。收费的,面带桃花,一脸盎然春意道:"20元。"

收费这事儿,挺伤感情和浪漫的。

打马归去。

在路边,遇一小花园,卧读数页闲书,小憩而归。

醉翁之意不在酒,不在山水,在哪儿?在乎山水之间矣!在山水之间随意走走。

雪夜访戴,王子猷兴尽而返,"何必见戴"?!我访桃花,不见桃花,兴亦未尽,意犹未尽,而返,挺好的。

## 梨花也寂寞啊

有一天,我要去北城办事儿。大街上,人来人往,车来车往,"船"来"船"往。我听见人群中,司马迁嘟囔了一句:"天下熙熙,皆为利来;天下攘攘,皆为利往。"笑了,没理他。但晓得他说得对。我不喜欢去人多的地方。人多的地方热啊!不去!不赶趁!偶尔站在人生的边上,看看热闹是可以的。

瞧开往南边郊区的车挺空的,我就随便跳上一辆。看了一树梨花回来了。

天下事,又没啥是必办不可的。况且,我也不算没努力过。

梨花也寂寞啊!

# 杏花？春雪？树下

## 1

春三月，杏花开了，繁花胜雪。夜卧窗下，听，似有雨声，淅淅然，沙沙然……悠悠然入梦。

晨起，临窗一望，呀，是下雪了！近处，远处，薄薄的，刚刚够一个白的意思。遥望杏树上，不知是杏花，是雪花。

去单位，短信给妻："……你在被窝里温暖如春，我在上班的路上细雪纷纷……"

## 2

归来，徘徊树下，流连不忍即回家。

天晴，日暖。微风拂，雀踏枝，有杏花，或雪花，簌簌下，不疾不徐，皆从容安详。或沾濡于雪泥，或静卧于石上，落英缤纷，潇潇洒洒，这儿一簇，那儿一堆，或散或聚，也都无怨无怒,不吵不闹,安逸而静谧。

想,若林妹妹在,必执帚,拎篮,荷锄,唱《葬花吟》矣。

林妹妹端非解人。她只是无聊,所以多情。多情,所以多事儿。——天下事,世间物,无垢无净,无美无丑,无增无减,无来无去。但无分别心,即是琉璃世界。杏花,生而净美,开而盛美,凋而凄美,逝而静美,即便零落碾成泥,泥,也是美的。世人但知丑之为丑,不知丑之美而妍也;但知繁花似锦之艳美,不知衰朽凋零之美不胜收也。生长,就浩大喜悦着生长呗;逝去,就安然从容地逝去呗。

唱什么《葬花吟》呢。林妹妹只是多事儿。

## 3

夜,树下。伫立久之。月上,杏花疏影里,若一瓣白玉兰,仿佛若有香。

幽香。或者,并没有香气袭人罢。只是雪气,一味儿清新,泠泠然……

花光照影。

余悄立树下,恍若一梦。

## 落花吟

春三月了。

一冬的寂寞之后,桃花开了。闹嚷嚷的,一树花开便是春了。满院春光!

低头,蓦然发现,树下,花瓣,也散落了一地。

原来,花开的时候就在落着。

原来,人生的时候也就在死着⋯⋯

花落无声。

是雀跃枝杈间的鸟儿啄落?是料峭的春风吹落?不重要的。"风定花犹落。"是花落的时候到了。花开有时,花落有时。

落就落了呗。你也(是)开过了(的)。是的。

开时就好好儿地开吧,抖擞着招摇着鼓着腮帮子红了小脸儿满满当当地开着。落时,也好好儿地落呗,恬静地安详地悠然地飘落。

不开也没关系的。

多数人的一生哪,拼尽一身的力气,也没有运气开出一朵小花呢。像一辈子活在冬天里的桃树,像一树一树的叶子里一片泯然众人的叶子。悄无声息地生,悄无声息地去。

年过半百,耳畔频闻故人死。×××没了?没了。没了就没了。想哭的心就算有,那也不哭。心里只是叹息一声,"唉——",如微风拂过落英。

生命啊,生活啊,爱啊,都有些闹腾,有些吵,都沉甸甸的。死亡,很轻,很轻。轻如一声叹息飘落,如一瓣落花的飘零。

花落无声。叶落无声。

我蛮喜欢落花的。最欢喜,是花落时的淡定与从容。人皆知生的辛苦与幸福,我犹知死之甜美与安宁。

不要哭声,不要。

据说大象离开的时候到了,它会独自默默地离开象群,悄然找一角落,安享自己的落寞"晚景"。据说狗也是。我也会是的。会的吧。

花开,花落,都是可以悦纳的。

你再看那满地落花的上头,仍是一树一树的繁花似锦。

天晴月圆，花枝春满。一代一代地开花，一代一代地落花，宇宙不增不减。

您瞧，您的开落无关紧要。

——这也是落花的福分。不用噘着小嘴儿撑起整座春天了。你只像是在偷懒。

"对不住了，我歇一歇。你们开你们的。你们开，你们开！"

老天爷宅心仁厚，它准你随时下岗离开。它知了一切，理解一切，接纳一切。天地不仁，也不惊，不喜，也不怨、不怒。它不是不爱。它那是深爱、博爱、永爱。是爱，而"无动于衷"。无动于衷，也不是不动心，是心不乱动。

动，就乱了。

# 树

## 1

动物能动,不能静。树能静!

动物有了这一项技能,就总也忍不住要用,静不下来。静不下来,就成了奔波的命,劳苦的命,动物们一边抱怨,大概一边心里也暗中得意:"我能动!"

动有啥好得意的?身动则累,心动则伤,动不动就有烦恼,会抑郁,会无聊,会受伤。

树,是禅者。有定力呢!它也不需要动哪。它与世无求。

树是安静的,沉默的。智者都是沉默的、安静的吧。树什么都知道,树只是什么都不说。说什么好呢?生活五味杂陈,能说出个什么?各自又都忙着各自的生活,也只能各自承担各自的悲伤、寂寞与欢乐,丝毫代替不得。有什么好说的呢?懂你的,不必说。不懂你的,何必说?

## 2

树沉默，因为慈悲，也因为懂得。它大概总是怜悯地看着身边这些来来往往为了满足贪欲辛劳奔波的掠食者吧。偶尔，摇摇头，叹息一声。像父母，总是怜爱没出息的子女一样吧。像父母，无怨无悔地默默付出，倾其所有，不求回报。像父母，甚至默默忍受儿女的不孝与欺凌。小时候，任孩儿们猴儿似的在身上爬上翻下荡秋千；长大了，它捧出桃李杏梨给孩子们吃；结婚了，它砍了腰身做房子、家具；孩子们老了，疲惫了，坐在树墩上休息。酷暑时，它洒落一地荫凉；暴雨中，它擎起一把绿伞。它说什么了吗？没有。要求什么了吗？没有。这是真爱，是树对这个荒寒世界的无限深情。

树是骄傲的，也是谦逊的，骄傲地挺着腰杆，谦逊地低着头颅。高调做事，低调做树。世界是树这些植物们喂养大的，谁记得？谁记得过？树也不要人和其他动物记得。秦始皇封禅泰山，遇雨，栖身松下，封其为"五大夫"。五大夫松没有高兴，也没有不高兴，它不卑不亢。它大概觉得功名利禄是人类这种奇怪动物的事儿吧！与自己无关。事了拂衣站，不知功与名。东汉初，追随刘秀打天下的诸将争功，叽叽不休，唯冯异独坐大树下，被称为"大树将军"。也就他，刚配得上坐树下。

## 3

树,细心着呢,仔仔细细地数着日子过。山中无历日,寒尽不知年。树知道的。它心里有数呢:每过一年,它就默默地画一个圈。年轮,像极了一张唱片,那些悲欣交集的过往,都被刻录在上面。

**树敏感**。春去秋来树先知。树是先知。消息树嘛!山僧不解数甲子,一叶落知天下秋!古时候,秋是这么来的:太史栽梧桐于殿下,立秋时节,大喝一声:"秋来!"一叶飘落,众人肃穆,呵,秋就这么来了。梧桐不但知秋,还能"知闰"。每条枝上,平年12叶,闰年则生13叶。

**树多情**。根,紧握在地下,叶,相触在云里。枝枝相覆盖,叶叶相交通。守望相助,脉脉含情,这是树与树之间的爱情。有些爱得过了,也要流氓的。有种树(我不好意思提它的名字),会悄悄地,慢慢地,伸出枝枝叶叶,把身边的小树搂进自己的怀里,还合体了。多情最是杨柳!"昔我往矣,杨柳依依!"这是送军人远征。"客舍青青柳色新",这是送故人出关。春风不度?"新栽杨柳三千里,引得春风度玉关。"这是远送到关外去了也。姜白石胡说什么"树若有情时,不会得青青如此"。他懂得个什么!

**树**,玉树临风,风神潇洒!王孝伯美姿仪,也不过濯濯如春月柳；嵇叔夜傲娇，也不过伟岸如岩间松；女子貌美，也无非樱桃口，杨柳腰，打扮个花枝招展，也才丰姿绰约。

## 4

树，当然是个大家族。各有各性格。坚贞如松柏，岁寒，而后知松柏之后凋也！高贵如梧桐，凤凰鸣矣，于彼高冈，梧桐生矣，于彼朝阳。凤凰非梧桐不栖。坚韧如沙漠胡杨，活着一千年不死，死了一千年不倒，倒了一千年不朽！有品行冰洁的玉兰，出得厅堂；有妖娆多情的碧桃，入得卧室；有朴实无华的枣树，下得厨房；有耐不住寂寞、闹嚷嚷的红杏；有沉默如金的铁树。胆大的，站在悬崖边上，想蹦极；害羞的，像合欢，昼开夜合。还有调皮的，傻大个儿的猴面包树。据说是因为太捣蛋，被天神连根拔了，扔到人间的：树冠如根，一头栽到地里头。又叫"倒栽葱"！

## 5

要爱树呀。要向树学习。

# 水栒子

走在公园的水边儿,一丛丛水栒子长得欢:绿的叶,白的花。绿叶白花掩映下,一小标签,上写着:

水栒子:生长势强,喜光耐寒,稍耐阴,在高大树木下部或其他稍有荫蔽的地方也能正常生长。对土壤要求低。抗逆性强,极耐干旱和瘠薄。不耐水淹。适应性比较强,基本可靠天生长。耐修剪。

看罢,微微笑!

想,耐寒!耐阴!嗯,耐各种寒、各种阴,必须的!还要开出花、结出果来:白的花,红的果。

"不耐水淹",是说受不得过多的命运的恩宠么?

"耐修剪!"

这三个字,20岁前看不到,30岁前看不懂,40岁前看了不会微微笑。

# 柳

画画难，最难画的，是人的手、树中柳。为什么？十指连着心，人的手是有表情的。不像屁股，总是绷着，面无表情。柳呢？深情款款，柔情缱绻。描不出它的多情姿也，画不出它的风流态也。"昔我往矣，杨柳依依。今我来思，雨雪霏霏。"柳让征夫惆怅。恒温北伐，见昔年所植柳业已十围，慨叹道："树犹如此，人何以堪。"柳让英雄落泪。"客舍青青柳色新"，柳者，留也，灞桥折柳送别，柳让离人伤感。寻常一样风景，有了水，水边有柳，柳再成荫，柳荫里鸣啭着两只黄鹂，就不由你柔情暗生，心生赞叹，忍不住开口说道："生活，真他妈的美好啊。"婆娑世界堪忍，人生值得。柳树，会化解人的戾气，让人变得平和、有爱。我没见过人在柳荫蓊郁的街上谩骂动粗的。民主科学的启蒙劝化不了人性的恶，核武器实现不了人类的和平，柳树能的。"居移气"。不要再搞那些劳什子的新发明了，多种点儿柳树吧。我是一本正经地在说："这才是正经事儿。"

人间最动人的，莫过于铁汉柔情。一米八九的大个子，自己淋如落汤鸡，却腰弯如弓，一弓到底给小儿子打伞；不分青红皂白拎着板斧朝人群排头砍去的李逵，忽然远远听到母亲的一声唤："儿啊。"就嗖地一下抽身回家跪拜在母亲膝下。柳，就是这般的柔情。柳树枝干挺拔，粗糙，像条汉子，但一点儿也不狰狞，做金刚怒目状。它收了它的"神通"，只以低眉的菩萨寂静相待人，三十二相，八十种好，枝叶披离，柔情似水。它软弱么？这才是真正的强大。强大，才有能力示弱。弱小的，才爱逞强。温柔，是一种修养，是一种能力，是一种力量，是一种自信、从容、坚韧、慈悲的品格。我的老父亲是爆竹一样的暴脾气，一碰就"砰"一声炸了，我常常悲悯地看着他，想："爹啊，你这是脆弱到了怎样的地步，可以轻易地被外人闲事操纵了自己一生。"

柳不是高贵的树种。性贱，"蒲柳贱质"。但，是好成活的意思。东北黑土地肥得流油，"插根筷子也能长"。夸张了。插根柳条试试，活了！无心插柳柳成荫。西北荒瘠之地也成。春风不度玉门关？左公不信这茬儿，他相信柳树，"新栽杨柳三千里，引得春风度玉关"。不择地而生，不养尊处优，这不是卑贱，是另一种高贵。它不是随便，只是随和，不挑剔，不矫情，无所求。人到无求品方高。生活很难么？容易。人真正需要的实在很少很少。有阳光，有水，衣食无忧，有自由，你还要怎样美好的生活？你贪了才难。没有燕鲍翅就吃不下饭，日费万钱，尤觉无下箸处，果然生活不容易。柳，缺水少肥怎么办？那就少喝点儿，少吃点儿，把叶子也收窄，把身量也收小，紧一紧身子，过紧日子。

柳树挺拔。但不像青松、红杉、白杨。像那白杨，傲娇得像个小王子。青松盘曲遒劲，但高冷，不亲人，更适合长在荒山野岭断崖。说到底，还是道行不够吧。道不远人的。——真正的高贵，不清冷，是温煦淡定平易近人的，使人如坐春风如沐春雨。吹面不寒杨柳风。我年轻时清高，昂首云外，脸与天平，惹人侧目而视，也毫不为意。中年以来，渐渐变得随和，走在路上，常有一些老朽衰颓残破乞讨引车卖浆者主动微笑着和我搭讪聊天话桑麻儿女家常，自觉进益不少，这都是拜柳树的教化所赐。柳树活在万家灯火的人间，像亲人一样亲切。可远观，也可以"亵玩"。小时候，天真烂漫的少年，常常折了柳条，围成圈儿，戴在头上，隐蔽埋伏在路边，扮解放军打CS。又截出一段，扭脱柳皮，做柳笛，吹，吹不响，吹不响也吹，吹到脸红脖子粗，然后自个儿憋不住，笑了。那是儿时最大的乐趣之一了。大人们，则折柳枝，编柳筐，解柳木，做柳木案。柳木适合做面板，柔韧，有弹性。撸几串槐花，掐几簇香椿、柳芽儿，在柳木案上"作案"，用桐木锅盖盖了，做出的饭，香呐。

柳树低着头长大。它的根，深深扎在泥土里。人类在堤边种柳，也是为了固堤防洪。它能分分钟感受到地球的脉动，它能触探到宇宙的深渊,洞悉宇宙千万年过往的沧桑。它有底气,接地气,博大而精深。这是它谦卑的根源。谦卑又是一切美德与智慧的前提和基础。人多不具备。人类有两大特征:无知——自以为是的无知,所以浅薄、轻狂;无耻——不以为耻的无耻,所以肆意妄为,无恶不敢作。柳树啊,教教我吧,教我以谦卑,以忍辱,以精进。

古印度有柳树么?我猜没有。佛陀于无忧树下诞生,菩提树下证悟,娑罗树下圆寂,都和柳树没关系。有的话,该是这样子的:佛陀在柳树下诞生,佛陀在柳树下证悟,佛陀在柳树下圆寂。柳,最像佛。释迦族的那个王子啊,一定非常喜爱柳树。

## 何妨但见松柏影耳!

小院内,筑一坛,近植松柏,傍一高层。是夜也,月光朗朗,半隐楼侧树杈间,切楼剪影,布影坛上,割而为半:一半阴漠漠,一半亮汪汪。走过的人看见了,走过的人有说法。

哲人小庄说:"阴阳鱼!"

诗人小李说:"月亮湾!"

我听见他们说,我笑着说他们:"小庄理性,视彼为鱼;小李浪漫,看此成湾。我已经太老了,发秃秃,齿豁豁,眼昏昏,没看出'鱼',没看到'湾',我所见者,唯松柏影耳!"

松柏影就很好看啊。不必非要看出"坛",不必非要看作"鱼",看成"湾"。

# 秋色赋

## 1

秋深了。

春是花世界,是少女,天真烂漫,透着股朝气、喜气、清爽劲儿。秋,是叶的季节,果的时节,是风情的少妇吧!温情,温润,温和,脉脉含情,热烈但又蓄着,蕴而不发。一发,怕就收拾不住了吧?!

春色撩人,秋色是宜人——让人舒服、熨帖的感觉吧。

## 2

不必朝觐香山,看万山红遍,层林尽染;不必远赴额济纳,赏胡杨透透迤迤,黄云成阵,秋意醉人。且近处公园走走瞧瞧罢:

坪上,小草绿萌萌;路边,白杨绿挺挺;池中,莲叶绿团团；紫叶李紫；银杏叶黄；黄栌叶红；凤尾兰霸气地中杵一杖，挂朵朵白玉的花铃，风吹若有清响；火炬树叶子半是玫红半橘黄，像微温的暗火，一座座小塔般、被托举着的"火炬"已熄，烤得黝黑，细嗅若有焦香；一些类爬山虎的植物，正翻身跃过栅栏，像彩虹的瀑，满溢过来，另一些，攀缘着，缠在树上，给树绕一条围脖；不远处，一些烂漫颓红的阔叶蔓草，斜斜铺开，围一系围裙护住湖心岛的堤岸。"天凉了，您呐。"

且看看这秋色：

一条条，一簇簇，一丛丛，一片片，一团团，一叶叶，一挂挂……羽状的，卵状的，披针状的，鸡爪般，鸭掌般，马褂般，蒲扇般……有肆意挥霍的，有惜色如金的；有的傲娇，有的谦逊，有的漫不经心……轻佻的黄，庄严的绿，玩世不恭的紫……有的嫩出水，有的辣欲燃；有的阴郁如云，低低叹："唉——"有的笑盈盈，俏声呼："喂——"有的热情似火，喊出声："哇——"……有四下八方恣肆流淌的，有迟疑不决攀爬着的；有渐渐地走红，有蹿红的；有拔地而起扶摇直上要钻天的，有伴着弯弯曲曲的小径曼妙起舞的……有些细细碎碎，有些纠纠结结，有些爽爽朗朗，有些如烟如雾如晕……有些是被捧出，被端着，被高高举起，有些随便就那么披散开；有些"豁"地泼洒出来，有些是象征性地挂两面旗帜出来，有些挑一点点出来，聊胜于无似的，不多给你看……有面带愧色的酡红——不知它羞愧个什么,有欲盖弥彰欲说还休的娇红;有的是起先还矜持端庄,憋紫了脸,终于忍不住,扑哧一声笑了出来,五颜六色四下喷了一地,光影斑斑点点……

大自然是天才的画师,看似随意地安排,东一涂,西一抹,却笔笔都有深意,处处透着匠心。随物赋形,因类敷彩,有些淋漓泼墨,有些淡写轻描。密密落墨时,减一笔不可;疏疏点染处,加一笔不得。

世上最富的人也富不过大自然哪:它有这般斑斓、缤纷的颜色,像是开染料铺的。大自然傲娇,大概也不耐烦人形容它,便"哗"一声,抖开琳琅百宝箱,打翻七彩调色板,自天空一倾而下:"来,你给我说说看,这是什么黄,这叫什么绿,这又是怎么样个红法……"

人无语,只好无语,最好无语吧。默默地享受,深深地沉醉,就对了。

## 3

植物间都是彬彬有礼的,有序的。梅花开尽是山茶,山茶开罢有桃花……花谢花飞花落尽,就轮到叶们了。百花也就心甘情愿地退隐,退居幕后,隐成背景。银杏黄,海棠红,都有做主角儿的机会。不抢戏,不抢班夺权。轮番而治吧!不急。

银杏叶黄灿灿的，黄得耀眼，也有海棠的贡献，人看不到的默默的贡献。也发力，发力到刚刚好，刚刚不被看到。银杏也知道，懂得，并一直记在心里。

万物间也是友爱的，和谐的。湖水本无色，自卑地瑟缩在低洼处。天就落一些湛蓝给它，柳就围拢来分点儿嫩绿给它，湖底的水藻就捧些深绿给它，路过的云朵也撒些洁白给它。湖的脸色这才好看起来，并感激地望着四邻，留它们的影子在心底。看上去像是忧郁的颜色。不是的。是深情。所有的深情都像忧郁。

## 4

这些浓浓淡淡深深浅浅层层叠叠曲曲折折坦坦荡荡高高下下远远近近的，瓜瓜蔓蔓的，枝枝叶叶的，静默的，闹嚷嚷的，这些秋色啊，都是大自然对人的情谊，也是它们相互间的无限情意。

万物有情。你看着无情，是你的缘故，也是你不会看。

# 梧桐与少年

## 1

少年时，我家门前，有一棵梧桐树。我很"喜欢"它。

那年月，我还小。我并不了解太多关于梧桐的知识。——我对它简直一无所知，还漠不关心。

"凤凰鸣矣，于彼高冈；梧桐生矣，于彼朝阳。"我晓得它的挺拔高大，不晓得它的高贵、洁雅：凤凰非梧桐不栖。我只觉得它亲切如老妈。"春冬落叶，以舒负暄融和之乐；夏秋交荫，以蔽炎烁蒸烈之威。"

我还年幼，尚未遍历人间的生离与死别，梧桐叶上三更雨，我听不出，一叶叶，一声声，是离情；到黄昏，点点滴滴，我听到的也只是雨打芭蕉般的爽朗、欢快与热烈。这次第，哪有一丝愁绪萦怀？"无言独上西楼，月如钩。寂寞梧桐深院锁清秋。"我感受不到李煜和梧桐的寂寞。

清明时节，虹始见，田鼠化为鹌，桐始华。粲如凝瑶华，烂若舒朝霞。我并不晓得桐花花语是情窦初开。我缠着母亲做桐花鸡蛋饼。我摘下桐花的花萼，用舌尖轻舔，并未尝出是少女清新、甜蜜的淡淡滋味。我两脚肆意踩踏那些白里透紫的桐花，听它"嘭"地发出一声微响，一点儿也不晓得它还可以治愈我正层出不穷的青春痘。我吟不出"桐花万里路，连朝语不息。心似双丝网，结结复依依""郎似桐花，妾似桐花凤"的诗句来。我那时虽是少年，却还不是个诗人。

我不晓得梧桐最是有情之物。传说梧是雄树桐是雌，一雌一雄，同长同老同生死。我又没结婚，怎解得它们可以这样伉俪情重、鹣鲽情深？！我读不懂贺铸的那阕词："重过阊门万事非，同来何事不同归？梧桐半死清霜后，头白鸳鸯失伴飞。原上草，露初晞。旧栖新垅两依依。空床卧听南窗雨，谁复挑灯夜补衣。"

只是呵，我少年的心，已如梧桐般敏感了。《花镜》上说："此木能知岁时，清明后桐始华。桐不华，岁必大寒。立秋地，至期一叶先坠，故有'梧桐一叶落，天下尽知秋'之句。"梧桐知秋，少年的我，已知怀春。

现在，我老了，年逾不惑，近知天命。我阅尽人世沧桑，遍知人间疾苦，也更深深懂得了梧桐树。但关于梧桐的所有知识与感触，仍不足以让我为文以资怀念。

## 2

让我动情的,是另外一些小事儿。

那些年,我喜欢一个小女孩儿。她就住在我对门的院子里。我还小,羞怯怯的,并不敢和她一起玩儿,不敢大着胆子走过去,霸道地说:"×××,我喜欢你!"

盼到黄昏时,下学了,我就偷偷爬到那棵高高梧桐的树杈上。看。看不到唉!听,咦,听得到喔!

那时,风摇着树,树摇着我。近处,有淡淡的桐花香;不远处,有风吹过来的,时断时续的,她银铃般的笑语声……

那年,她十三,我十五。

# 花　树

人絮叨。动物偶尔叫两声，在受伤或欢乐的时候。树静默。

我爱树。

树是仁爱的、宽厚的、慈祥的、坚韧的、默默的奉献者。凡默默的，多是智慧的。

因为智慧，所以沉默。

默默地感受着，感受着生之欢悦，与悲情。感受着，享受着这欢悦与悲情。亦悲亦喜，不悲不喜。

（我喜欢看白杨树干上那一只只淡定悲伤的眼。若喜，若忧，若思，乐而不淫，哀而不伤。它只睁眼看，用身心感受。）

叶子，是树寄给世界的信笺。一笔一画写得清，一封一封擎在手里。

花儿，是树给这个世界说的情话。花儿是树心里的秘密，藏了一冬的秘密。秘密的话儿悄悄地说。

——也不是什么秘密啦！公开的秘密：我爱这个世界，不管它让我多苦，多累，多烦恼。我爱这个世界啦，我要开花给大家看。

花儿开得热烈。

每一朵花儿，都是在说爱，在点赞。一树的花儿，就是一篇爱的演讲词。

怎么表达爱？美给你看！怎么赢得爱？让自己美起来。

树满世界站着，躺着，横着，蹲着，在山头、水里、路边、墙角。树多不碍路。树不让自己的爱，打扰这个喧嚣的世界。

它只是一味地静默着。默默爱，悄然欢喜。

花儿开得热烈，又悄无声息。红杏枝头春意闹？闹么？不闹。花解风情。花不解语。花不解语更可人。春事烂漫到难收难管了，真的爱，也只是安详着，静穆着，如一丛井边的桃花。——胡兰成说，桃花难画，因要画得它静。

我是一棵千年的老树。世界呵，你看我开花给你看。

# 第二章 猪的幸福生活

哪里有什么笼子啊。囚禁你的,正是你自己。监狱,也不过四堵墙而已。

## 猪的幸福生活

过年了。己亥猪年。说说猪。

嘴脸!猪脸上就长了一副嘴。嘴像是蹿出脸外好远。有多长?鼻子长在嘴上,插根葱可以装象。嘴沿上挑,便于找食儿。鸡往后刨,猪往前拱。也有短吻的,但更像长嘴被怼了回去,被向后撸,层层堆叠起来,一棱儿一棱儿的。猪的嘴巴一皱,皱出许多皱纹来。猪的皱纹在嘴上,它大概只愁吃。

猪有脑子么?有是有的,猪脑子。"你猪脑子呀?"这是说你蠢。

"未经审视的人生不值得一过。"苏格拉底说。Unhappy Socrates, or a happy pig?是做痛苦的苏格拉底,还是一只快乐的猪?智者会选择前者,愚人和更智慧的智者会选择后者。想清楚了会怎的?又能怎的?不开心!

思想,是一种病。知识使人悲哀。猪没有受蛇的诱惑,拒绝了知识树上的果子。它还可以快快乐乐地活在伊甸园。并没有另一个伊甸,伊甸园就是人间。只是人不在其间。

猪蠢么？

猪是智商最高的动物之一，会排雷，会缉毒，会搜寻松露……记忆力也好。据说，一群猪聚集在一个墙角晒太阳时，还常常叙叙旧，回忆回忆过往。我曾看到过一只猪画油画。真棒！毕加索十三岁时，就可以画得像拉斐尔一样好，可穷其一生，他都在追求画得像一个孩子。孩子又画不过一头猪。这头猪名叫：猪加索。

无论怎样伶牙俐齿的人，遇到真爱时，都会变得傻乎乎的，也不会说话了。倘若对方娇嗔地戳你一指头，嗲兮兮地骂你道："你个猪头！"这就相当于认可了你和你的爱。


初一是鸡的生日。鸡是德禽。雄鸡一唱天下白，排第一，谁不服？狗忠诚，初二；羊善良，初四；牛勤勉，初五；马行健，初六。猪初三。饱食终日，无所用心，贪吃好睡，猪排第三，凭什么？就是凭这一点——猪的境界，是人的梦想。人做不到的，猪轻松做到了：饱食终日，无所用心，吃嘛嘛香，躺哪儿睡哪儿。《西游记》里，最受美女待见的，也不是别个。唐僧，呆；悟空，累；沙僧，没情趣。猪八戒呢？真性情，好脾气，最突出的优点是，他好色。这就给了美女们展示自我、施展魅惑、拯救英雄的抓手和机会。

Less is more. 简单的成人不简单。好的生活需要些什么？阳光，水，一点点儿食物。连梦想和爱都是不必要的。

"我能为你做些什么吗?"亚历山大大帝问。

"可以的。请走开,别挡住我的阳光。"第欧根尼卧在一只桶里,懒洋洋地答道。

猪,比狗更像犬儒主义者,比第欧根尼还第欧根尼。第欧根尼还需要一只桶呢,猪不需要;第欧根尼喜欢动脑子,猪轻易不动用。想多了,就容易想不开,就不容易快活。你常常说,也常常听到这两句话:"你别想那么多了!""你想多了!"人矫情,身体的病痛以外,人的其他痛苦都是妄想出来的。

一日三餐,猪的生活无非就这四件事儿。简简单单的,挺好的。多么美妙的生活。

猪,是快活的第欧根尼。

过年了,去割几斤肉吧。约定俗成的,是说猪肉。牛耕田,是人勠力同心的好伙伴,禁屠。也舍不得呀!所以,《水浒传》里,好汉们大碗喝酒,大块吃肉,才豪气干云。"上两斤牛肉!"有一种无法无天的违法的快意、快感。羊肉,鲜,主宰中国人的餐桌上千年,可出肉率低。"生折对半熟对半,百斤止剩念余斤,缩到后来只一段。"明清时,猪胜出,成为主餐肉。——这是何等不幸的胜利哈!——可见,成功,不一定是好事儿。人怕出名猪怕壮。泯然众人,也是一种自我保护。

猪能吃,"净坛使者",食肠宽大,好赖不忌,随吃而安。

活得不讲究，不计较，才能活得快活吧。善长，心宽体胖。会生，猪有两排扣的乳头。我猜，它有多少个，一窝就能生多少只。母爱无私，不会让任何一个孩子挨饿的。

作为资深吃货，我不羡慕它能吃，我妒忌它能睡（在这里，睡就是睡的意思。不是别的）。睡觉是睡心。有多少人睡不瞑目啊。就算心灵的这两扇窗户都关上了，心房里也常常是闹嚷嚷的：野心，贪欲，嫉妒，愤怒，在里面吵翻了天，呶呶不休的。猪不同。猪没有心事。猪就没有心。猪，睡起来就像死过去一样。睡得像头死猪，开水都烫不醒。猪的耳朵大，一只就可以做一盘菜，叫作"层层脆"。睡觉的时候，扯着点儿，铺开，就可以像被子一样把自己盖上。和人的"层层脆"不同，人耳是用来拼命接收外界信息的，猪耳是为了屏蔽世界。

猪脏？猪是好清洁的动物，比狗、猫强。猪的吃喝拉撒睡各有分区。爱在泥淖里打滚？是猪没有汗腺，爽身取凉罢了。脏，并快乐着，也是童心未泯。快乐，多会带点儿脏。

猪的品味低？草上缀满露珠，珍珠一样的晶莹。可猪只看见了草料。是愚蠢的人类才好珍珠的虚荣。能吃到嘴里的，才是稳稳的幸福。

"猪的全身都是宝。"这被写进了教科书，画在了宣传栏。对此，猪一无所知。幸亏它无知！知道了，它也不会感到光荣。它会不开心。"宝宝不开心！"——是我，我也会不开心。我的全身都是宝？我只是一头猪而已。我只想做一头猪而已。别夸我，夸我你是想宰我。

不过，人们说得对，猪宝宝的全身都是宝。猪肉，猪皮，猪毛，甚至猪的便便，也被夸成（庄稼的）一枝花。神奇的还有猪尾巴。本是猪用来抒情的道具，相当于旦角的水袖。短袖善舞！猪高兴了，小尾巴就像它的小辫子一样，甩过来甩过去的，骄傲极了！小时候，小孩子容易流口水，止都止不住的那种。（长大成人了，就算有这病，也至少学会了掩饰。否则，就难看了。）怎么治？老中医说了，嘲一嘲猪尾巴就好了。我一直没得那病，找不到借口"验食验食"。很遗憾，很懊恼。对着卤猪尾巴，馋得啊，常常忍不住流出口水来。

大约，古时猪还算尊贵。汉武帝，小名刘彘。彘，猪嘛！大将陈豨，豨，猪哦。明武宗姓朱，属猪，曾经禁止杀猪。禁不住！猪，太受欢迎，还是财富的象征。过去晋北嫁女，看男方财力，主要看他家酿有几缸陈醋，养了几头肥猪！屋檐下有豕，才成"家"。豕，猪也。

猪的一生，是幸福的一生。你看它整日舒服得哼哼唧唧。往生极乐世界，净土宗的秘诀是，口颂"阿弥陀佛"。猪是哼哼。哼哼很舒服。你不舒服了也可以哼哼试试，说不定很快就能过上猪一样的幸福生活呢。

试试吧！不要犹豫，就现在。

"哼……哼……哼……"

## 宠　物

　　倘若上天给我一个机会的话——我是说倘若哈，我想我最想养的该是鲸鱼了。倒不是因为，作为一介平民，小如一芥的小人物，我企图在我注定寂寞的一生中弄出点儿声响以求不朽。不朽是伟人们才思慕的事。我只是想，我这辈子可以指望这只鲸鱼。住，就住在它的胃里，宽敞极了，还不收房租，也不会有人进来讨债，鱼啊虾啊什么的倒会自个儿送上门来，每天都有新鲜的海鲜吃！闲了，或者看书看累了，就漫步到鲸鱼的嘴里，站在它柔软宽大如大床的舌头上，去看海！四处去看海。闷了，便拾级而上，登上鲸背，看喷泉，喷流直上三千尺。你知道我一向没有什么大志向的。虽爱死了庄老夫子，却没有《南华经》里任公子"钓大鱼"的想法和构思。但"有尺水，行尺船"。鲸鱼实在太大了，我没有一个足够大的海。那就先寄养在别人家的大海里吧！我有空去看看它就好。

　　要不，就养养梅花鹿？没见过枝丫长在头顶上的吧？雪花还落了一身，真美！可人家不乐意。凡事儿，得两情相悦、两相情愿才成,才能成其好,才道德。反正不养羊啊狗啊猫啊的。羊太善良了,善良到软弱,软弱到无助——它的善良不带锋芒。狗太忠诚,忠诚到没了自己,没有了正义感,也容易产生感情。有了感情,有了爱,就痛苦了!不要爱,不要没事儿找事儿去求爱。佛说了,因爱故生忧,因爱故生怖,若离于爱者,无忧亦无怖。猫呢?太贵族,还是"奸臣",有鱼便是娘。

养猪、养鹅也成。

我小时候就养过猪。下学后第一件事便是喂猪。爸爸说了,我的事小,猪的事大。猪的事关系到家国的命运,关系到祖国的未来,也关系到作为祖国未来的我的未来的命运。它吃的是草,也没什么文化,却懂得贡献自己宝贵的生命——生命于它也只有一次啊。全靠卖了它买我上学的资格呢。何况,猪还是性情中人。贪吃不是罪,有功;好色才可爱,健康!颇懂风情,有情趣,也没什么坏心眼。据说新时代的女性因此一致推举猪八戒做自己心目中的白马王子。但那会儿却万万没想过要把猪当自己的宠物:是猪宠着我,养着我。现在我发达了,可以宠宠猪,回报一下猪了。我养它只是为了养,不是为了宰。长这么大,我没欠过人的。我欠猪的。不过,还是说实话吧,我不想养猪。人其实不大愿意和恩主朝夕相处。那会让人联想到自己不堪的过去,还时时有诚惶诚恐的不适感、亏欠感。

还是养鹅好了。鹅优雅些。"鹅,鹅,鹅,曲项向天歌。

白毛浮绿水,红掌拨清波。"它教给初唐的骆宾王写诗,让他跻身"四杰";教给东晋的王羲之写字,让他成为"书圣"。泳姿很美,身段绝好,也懂得展示自己的美。大约是天鹅下了凡。天鹅则总在天上飞,飞来飞去的,不好宠,先放它们在天上飞几年吧。只是,"鹅",也是一种比较自"我"的"鸟"。有文化的鸟都这样,比较有攻击性。据说牛眼看物,是放大了看,见了比它小的也温驯;鹅眼看人,是缩小了看,故胆大、狂悖。这一点和我不同。我是因为轻看了自己,才看轻了这个世界。

　　细细想想,养宠物的乐趣,主要的,不是宠物有多可爱吧,倒全在一个"养"字上。——有一种可以操纵其生死、自由的快感。我可以养你,也可以不养你;我可以遛你,也可以把你关进笼子里。上帝的感觉!谁不想当上帝呢?当几天也成。

　　养宠物,可不是为了吃,否则就太 low 了。像老板的养小蜜,包二奶,多半不是为了爽身,娱心罢了。小蜜,二奶,是另一类的另类宠物。一些小资女人则在嫁个男人还是养条狗的问题上犹豫不决。我们可以把这个问题简化一下:养还是被养,这是个问题。有的女人选择自己包养一个男人。不选猪八戒,就小白脸唐僧了:好玩就玩一玩,不好玩就吃掉他。

　　养宠物,是款贵族游戏。这游戏我玩不起。事实是,我也不喜欢养。我不喜欢宠物。一个人或物,被养被宠后,就不再是原来的那个人或者物了。要养,就把鲸鱼养在大海里吧,把鸟儿养在蓝天上,把走兽散养在森林中。

爱"她",就不要圈养"她"。爱"她",是为了"她",不是为了"我"。有时,爱,是放手,是不去爱"她"。

# 狗

我和狗去散步。

俗称遛狗也。只是，这种说法，颇有几分可疑，很值得商榷。在人是遛狗，在狗是遛人。坦白地说，每次都是狗拽着我的衣袖，把我生生从书桌旁拉扯出来的。一到点儿，它准就跑过来拽我。"嗨，主人，到遛弯儿时间了，醒醒吧，醒醒吧，别执迷于书籍、电视、游戏和爱情了，该去看看晨星，嗅嗅花香，吹吹晚风，顺便活动活动筋骨了。"它把我扯出来，拽进另一种生活，一种更健康的生活。养狗后，我家闺女也因此吃上了早餐，从此过上了幸福的童话般的童年生活。

想起小时候做算术题来：主人遛狗，狗快人慢……狗返回来接主人……狗又返回来接……狗又返……一边做，一边心里嘀咕：天底下有这么傻的动物么？出题的脑袋进水了。长大了，养狗了，懂了：天底下真有这么有爱的动物。

狗亲人。狗大概是天底下最亲近人的动物了。如果有，我是说，如果一定会有，一定要有的话，狗大概是天底下唯一爱主人胜过爱自己的畜生了。去散步，狗总是一步三回头。"相随百步，也有个徘徊意！"它大概是怕你走丢了。你会觉得，你走丢了，它一定会四处找你，绝不轻言放弃。你不相信人——你可以不相信的，但你会，你也该相信狗。你会觉得，有狗，人世毕竟还是温暖的啊，还是有真爱的啊。散步归来，狗总是先你一步到家，蹲在自家门口，候你开门。潜台词："回家喽！这是咱自己的家啊！"没把你当外人。每当此时，我总想起小林一茶的俳句《归庵》来："笠上的苍蝇，比我更早地飞进去了！"从原始社会起，狗就和人类肝胆相照、相濡以沫了。它们从远古一路走来，现在，开始照顾你的生活了。而且，得到这份爱，这种爱——一爱永爱、一得永得的爱，你只需付出一根骨头。你说你爱她，你送你女朋友一根骨头？你试试。别试了。

**狗比亲人还亲**。每次你回家，大老远，狗就听见你了，嗅见你了，欢天喜地地狂奔过来扑你，舔你，蹦啊跳呀的，让你觉得你其实还是蛮受人——至少受狗欢迎的。它不会像你妻子，你劳累一日满身疲惫地回家，她还摔门给你听，摔脸子给你看。不高兴了，拉一张驴脸给你瞧。它只有一张狗脸。也许会呈现出悲伤的、落寞的、委屈的、羞涩的模样，却永做不出厌弃你的神情。狗不会缠着你让你给它买冰激凌。你不买，它不会说："你还是我爹吗？"狗没有叛逆期，事事和你对着干，你让她走东她就走西。狗不会抱怨你穷，你不帅，你无能。它也没想过去认个干爹。狗也会冲你撒娇！人称儿子是狗崽子，却叫狗："儿子哎……"这么叫是有道理的。

狗，是你唯一可以自主选择的亲人，是上帝可怜人，给人发的福利。选一条吧，选一条来亲。

我认识的人越多，我越喜欢狗。因为狗有爱，狗通人性。狗有人都没有的人性。

狗忠诚。愚忠的那种忠。你活着，它是你的狗；你死了，它还是你的狗。人都放弃想你了，狗不放弃。主人都抛弃狗了，狗还不放弃主人，认主人，等主人，四处找主人。为了能抛弃掉狗，主人想尽了法子：用麻袋蒙了头，扔到几百里外去。主人回来了，一看，狗又先守在自家门口了，等自己的主人回家。狗没弄懂人，到死也弄不懂的。主人烦透了！只好一棒子打杀了，要了它的狗命。总有一种傻，让你泪流满面。到哪里去找这么好的人？到哪里去找？到哪里？你说，我这就去找！人人都聪明透顶。傻子太少，太少了。

所以，人有时会厌恶狗，厌恶狗的忠诚。"你怎么可以那样死心塌地地跟定一个人，眼里，心里，只认得他一个？缺心眼？不懂背叛，不被收买？！唉？！"人是嫉妒了。多数人，一辈子也没有这么一条狗一样的人追随，不离不弃。人骂，你个狗腿子。这是在骂人，不是在骂狗，是在夸狗。"狗没良心！"狗没良心？人才没有。"良心被狗吃了！"狗才不吃！狗宁愿吃屎。

狗忠诚而勇敢。家里半夜进小偷了，小偷很凶！主人们都吓得哆嗦。狗，扑上去了！被打得头破血流不松口。小偷被逮住了，主人搂着狗哭了。这是怎样一种让小偷深深厌恶的不良品质啊。

狗天真。孩子一样地顽皮，无邪。大概人类小时候还天性未泯，尚且残留有那么几分童真。大了，就生了虎狼之心。眼睛看上去很清澈，一汪净水，纯纯的，没有半点儿杂质。动物的眼神都清纯。它们还没被驱逐出伊甸园吧？！没有吃智慧果，没有分别心。就算是虎狼的杀戮，也只是单纯的杀戮。它们不晓得这是残忍。知道了，就不会干这种事儿呢。人会。一边心怀歉意，一边坦然地做着。

狗知羞。小时候，狗随地方便，你吼它一声，它会害羞地把头埋进腋窝去！顺着墙根偷偷溜走，躲起来！好久才觍着脸出来，觑你几眼，一脸糗大了的神色。我已经很久没有在人眼里看到这种表情了。上一次，好像是我姥姥去世时了吧？她一生干干净净利利落落地走，从不给外人、亲人添麻烦。老了，没办法了。"抱歉啊，我没法自己处理自己的后事了！"那时，她就是这种羞愧难当的表情。

人有多不喜欢人，就有多喜欢狗。人有多少不喜欢人的理由，就有多少喜欢狗的理由。

## 我是猫

我家小猫,虎踞高层窗台,圆睁双眼,左瞧右看,仰观俯瞰,有"子在川上"的气概,而目中无物,无人,概空空如也!它比孔丘、佛陀和我都更像一个哲学家,深谙"空即是色,色即是空"的道与理。

妻子调侃:"哎,小猫哎,看上人家小鸟了吧?!快回来!"

我斥妻庸俗。

小猫跳下来,跑开去。

## 叫　春

秋深了，猫叫春。一夜夜，一声声，叫得煎熬，叫得凄厉，叫得痛苦，又带着希冀。如怨如慕，如泣如诉。

妻说，阉了吧。干净了，就清静了。它，和我们。

我不许！

这是违反猫性的。也是猫短暂一生中，猫权的应有之义。猫权包括那些痛苦，那些性福。猫啊猫，祝你找到属于你的那份情与欲。忍一忍，现在有多痛苦，将来就有多幸福。每一次痛苦，都会有幸福来回报。

我其实也纠结。

我又疑心这是个阴谋。人、羊和猫，都被上帝放牧。情欲，也许还有情感，是上帝在生物身上做的手脚、下的蛊。好一代代地繁衍生息，源源不断地为他提供皮毛、艺术、思想和娱乐！摘除掉，就能摆脱上帝这个魔鬼。

猫还在叫，一声声，叫得难过。可怜的猫。

我又想，猫毕竟还算幸福……它可以叫。

# 看猫儿狗儿打架

## 1

猫和狗是冤家、仇人、宿敌。

相互仇视到什么程度？一见面就掐，就咬，一言不合就动脚，就追杀，就这么着，一路相伴相杀了6000多万年。感情够深的哪。

我喜欢猫，我爱狗。我家的狗崽子，是当儿子来养的。院子里来了一只野猫。每次出门放风，这狗崽子就一阵旋风似的卷出去，疯子似的上蹿下跳，去找那只野猫打架。有时还直接越过人，爬在院里人家闲聊时坐的沙发靠背上，冲着树上的猫狂吠不已。

这就惹恼了其中一位，我的前领导。他严厉地谴责了狗，并批评了我："×××，你也不管管，你家这狗崽子总是欺负人家弱小民族。"

我不大同意领导的意见。（大概也因为他是前领导。）

猫狗斗，大家更同情猫一些，可以理解。又是只野猫嘛，没人疼。大家虽不肯领回家养着，可还是愿意施舍一些廉价的同情给它。其实，大家都用错情了。真关心猫狗的会明白：猫比狗厉害。狗就是叫唤，拿猫并没有太多的办法。我不管，不是偏心，一味地要袒护自家人。手心手背都是肉，我也是爱猫的呀。另外，领导管得也太宽了。弱肉强食是天道，是人管得了的？人欺负人的事儿都管不过来呢。

## 2

此外，我也别有一些想法和看法。

狗和猫与人和人还不同。人可以不为了什么就和人撕起来，猫狗不会，也不争夺交配权和势力范围。大约只是交流不畅，沟通出了岔子。鸡同鸭讲，狗对猫说。猫竖起尾巴只是开心，摇晃着玩儿，狗眼里竖起尾巴却是准备攻击的意思，狗误会猫了。狗呼噜呼噜的是生气了，猫呼噜呼噜的是表示亲切，猫误判了狗。就这么一来二去结下了梁子。我对人类没什么信心，但总还是幻想着，有朝一日，猫和狗吵着闹着，忽然就顿悟了，明白了对方的心意。毕竟双方都是良善的，都是好意的。有爱才有和平。爱，是化解一切仇怨的钥匙，唯一的钥匙。

也许，是我们误解了猫狗。它们之间有的，只是情人间的争吵吧。欢喜冤家，不喜欢不成冤家。那只野猫孤独，我家的狗也寂寞。他们需要儿童般嬉戏与打闹，是闹着玩儿呢，这么着过日子呢，是打着吵闹的幌子调情。我们外人该怎么做？学秦可卿。秦可卿吩咐小丫鬟们："好生在廊檐下看着猫儿狗儿打架。"看着就好。

猫狗不会像人那样想不开，把玩儿当了真。

不知猫死时，会不会想起和它嬉闹了一辈子的小伙伴狗哥？狗临死，会不会想起陪了它一生的陪练猫弟？我是常常想念我儿时的玩伴儿的。我们追逐，我们吵闹，我们打架，可现在，我仍然很想念他们。

## 不被怀疑的真诚

我望着那只绵羊,满眼都是怜惜。

"乌鸦反哺,羔羊跪乳。"我赞道,"羊是良善的兽,是富有神性的家畜。'善'字,就打羊来的。"

两小时后……

暖洋洋的,我捧着碗羊肉汤,那只羊的肉汤,咂摸着嘴巴,由衷赞叹:"善哉,美哉,鲜哉!羊大为美,鱼羊为鲜。"

自始至终,我的赞美都是真诚的。

羊呀,羊呀,要是它还活着,大概只有它不怀疑我的真诚。

# 哀 驴

## 驴 子

驴子很好的。性子好,脑子好,肉好!长得一般吧,不算帅气,但可亲可爱,也蛮好的。

驴子耳朵大。"耷"便是驴的异体字。明有书画大家朱耷,启功先生极推崇,说:"参天两地一朱驴!"其押款章、署名常用"驴""驴屋"字样。西谚也说:"An ass is known by his ears."驴子一屁股蹲着,再啃一根胡萝卜的话,远远望过去,就是一只巨型兔子。它也和兔子一样善良。

驴脸长。长得跟个驴脸似的,雅称"子谨面"。据陈寿《三国志·吴书》载,诸葛瑾"面长似驴,孙权大会群臣,使人牵一驴入,长检其面,题曰'诸葛子瑜'。(其子)恪跪曰:'乞请笔益两字。'因听与笔。恪续其下曰'之驴'。举座欢笑,乃以驴赐恪"。驴脸为什么这么长?驴忧郁!为国愁为家恨为人民担忧。一忧郁,脸一沉,就长了。许多长官的脸,本来是方的、圆的、三角形的、平行四边形的,后来就因为忧郁过甚,变驴脸了。

## 驴子的智慧

天下的驴子,贵州的蠢些,新疆喀什的最聪明。阿凡提骑的就是喀什的驴子。国王问阿凡提:"世界的中心在哪里?"驴子抬抬蹄,"啪啪啪"叩地三声,指点给国王看:"就在我脚下!"这道理帝王不懂,我也不懂,驴懂!简直就是古希腊的普罗泰戈拉嘛,智者学派的代表!翻译成人话,就是说:"我是万物的尺度。"

驴子力气不如牛,速度不如马,脾气不如骡。但驴子跑得比牛快,脾气比马好,力气不弱于骡子。——聪明人都是这么看问题的。驴子坚守"中庸"之道——孔丘的智慧哇!坚持在有用无用之间——庄周的智商啊!太无用,会被宰掉;太有用,会被用到废掉。马如人间才俊,有花看,"春风得意马蹄疾,一日看尽长安花"。有花踩,"拂石坐来衣带冷,踏花归去马蹄香"。但下场呢?"几年鏖战历沙场,汗马功高孰可量?"功高又如何?终不过刀枪入库后,马放南山了。"马作的卢飞快",飞那么快干吗?还不是奔死去的?瓦罐不离井口破,的卢终于阵上亡。终不得,生入关,换得马革裹尸耳。牛是底层草民,一味蠢笨、老实、忍耐,卖些傻力气,是沉默的大多数。不会哭,不会叫,没奶吃,喂把草,还被挤了奶去。偶尔给听听音乐,还被骂是对牛弹琴。驴,优哉游哉地,走在乡间的小道上。

## 驴子的性情

驴子好性情。妇女之友,文人之侣,驴友之福佑,神仙之坐骑。

小巧的个头,细碎的步伐,温吞吞的性格,最适宜驴友骑了旅游——坐车?上车睡觉,下车撒尿,一日看尽,那是走四方?那是打仗!小媳妇骑了回娘家——骑个高头大马,那还是小媳妇么?那是女侠!文人墨客骑了赏落花,看流云,望塔影,瞧远山,下雪了,就骑了踏雪寻梅去,梅没寻到,没关系,觅得一首小诗也好。骑牛不成,吹笛子还好,觅诗嘛,太慢了,追不上诗思飞扬!所以,唐朝诗鬼李贺"骑距驴,背一破锦囊,遇有所得,即书投囊中"!所以,唐朝相国郑綮答记者问:"诗思在灞桥风雪驴子上。"所以,北宋诗人苏东坡吟道:"往日崎岖还记否,路长人困蹇驴嘶!"所以,南宋诗人陆放翁反问:"此身合是诗人未?细雨骑驴入剑门。"

诗仙李白最爱骑驴。《唐才子传》载:"白浮游四方,欲登华山,乘醉跨驴,经县治,宰不知,怒,引至庭下曰:'汝何人,敢无礼!'白供状不书姓名,曰:'曾令龙巾拭吐,御手调羹，贵妃捧砚，力士脱靴。天子门前，尚容走马；华阴县里，不得骑驴？'宰惊愧，拜谢曰：'不知翰林至此。'白长笑而去。"——非骑驴，不得显李白之潇洒；无李白，不得成驴之美名。驴与李白，相得益彰。

不过，中国文人吧，庙堂情结太浓，起先都是爱骑马的，总想着有朝一日兼济天下，天子门前走走马。后来终于马失前蹄，"雪拥蓝关马不前"，这才改骑驴，到江湖上行走，担风袖月做神仙。

骑驴好哇，神仙的事业。张果老就骑驴，还倒着骑！还倒骑着看唱本。看古今多少事，都付笑谈中，看浪花淘尽了英雄，看青山青，看几度夕阳红。

## 驴脾气

驴子是动物界的学者、教授，或者说知识分子。拿破仑远征埃及，掠得图书无数，用驴子驮了，传令下去："让驴子和教授走队伍中间！"驴子和教授一个待遇。

也和教授一样脾气。倔！认死理！驴拉磨，一条道走到黑！是蠢么？不是！倔而已。

譬如马寅初这头驴！

譬如梁漱溟这头！

譬如陈独秀！

有一头驴子，左边一堆草，右边一堆草，最后饿死了。为什么？不是因为优柔寡断，是因为驴子虽只是驴子，却是凤凰的性格：非梧桐不栖，非醴泉不饮，非练实不食。不是他的菜，他宁可饿死。

还有一头驴子。有书生一路劳顿，牵驴过乱岗，拴驴，依石，假寐，小憩。忽窥见那驴昂首四顾，喟然长叹："不来此地数十年矣。青山依旧是，物事已全非。"书生大喜，想日日骑驴与共谈，可破长途寂寞。揖与言，驴俯首吃草不应。反复开导，驴依旧置若罔闻。怒而鞭打，驴终无一言。捶折一足，卖给屠户，到底拒绝吭声。这头驴像我，没才华，有性格，大脾气。

## 驴　鸣

驴鸣好听。

可惜"春风不如驴耳"，现代人多没这个雅兴了，欣赏不来这天籁之声，只听出聒噪来。现代人只懂得坐在音乐厅里听噪音，和满厅的呼噜声。临了鼓掌散场了事，仔细地把门票收集好，好证明自己高雅过。现代人说一个人嗓子破，竟然说是驴嗓子。驴可忍，叔不可忍！

古人不同，还接着地气呢，觉得驴鸣悦耳动听，喜闻之。魏晋名士孙楚凭吊友人王济，"临尸恸哭，宾客无不垂泪。

哭毕，向灵床曰：'卿常好我作驴鸣，今我为卿作。'体似真声……"故而，驴鸣又有雅号曰"孙楚声"。曹魏文士王粲也喜闻驴鸣。"文帝临其丧，顾与同游曰：'王好驴鸣，可各作一声以送之。'赴客皆一作驴鸣。"东汉戴叔鸾也常学驴鸣，娱亲！让他妈妈高兴！

驴鸣的动人，也源于驴叫得有思想，动感情。驴鸣似哭，马嘶似笑。猫叫得闹心，狗吠得心慌，鹤唳得清高，马嘶得轻狂，驴鸣，才鸣出了人世的悲情和亲情。大慈，故大悲。大悲，悲得没办法了，一鸣了之！有一华侨，漂泊异域，客居他国，晚年叶落归根，返回故乡。踏上国土，他没哭；欢迎宴上，他没哭；刚到村口，闻得驴鸣一声，泪就下来了："回来了啊！"

驴鸣时间长，跨度大，响度高，有旋律，有节奏，有起调，有高潮，有收煞，抑扬顿挫，还有一种使人警醒的音响效果。因此，佛教有名言至理云："通身是眼，不见自己；欲见自己，频掣驴耳。"——驴耳朵是不是就这么变长的？！不晓得。

驴啊，要叫你就叫吧！但，自娱自乐好了，别当真。没人听，别怒。"驴不胜怒，蹄之"，能怎样？小心虎不胜怒。虎不胜怒，会"跳踉大㘎，断其喉，尽其肉"，乃去！还会被人骂作"蠢驴"，还说你黔驴技穷。

## 哀　驴

驴皮好，肉好，就难免要受些皮肉之苦。此自然之理也。

滋补三大宝：人参、鹿茸和阿胶。驴皮熬胶，称阿胶，有补气养血、美容养颜等多种功效，时珍兄誉之为"圣药"。玉环妹妹美吧？倾城倾国。肤如凝脂哪里来？不是天生丽质生出来，不是温泉水暖洗出来，是偷吃阿胶吃出来的："铅华洗尽依丰盈，雨落荷叶珠难停。暗服阿胶不肯道，却说生来为君容。"阿胶怎么做出来？鞭打毛驴打出来。鞭子甩出花，鞭声一片响，鞭影如风，鞭抽如雨，直打得驴儿满场跑，满地滚，哀叫声惨，直待精血充皮，然后，剥，然后，熬！贵妃脸上一抹轻红，原是一群毛驴血染成。

天上龙肉，地上驴肉！河北保定驴肉火烧，河南怀府闹汤驴肉……清初，山西太原府是这么着收拾驴和他（她）的肉的：养肥驴，醉以酒，满身排打！钉四桩，捆四足，再以一木横其背，绑其头，系其尾，牢牢固定！烧烫水，浇驴身，褪驴毛，快刀割！指哪儿，割哪儿！或前腿，或后臀，或肚裆，或背脊，或头尾，驴随客便，驴尽客欢！当客下箸时，其驴尚未死绝也。其时血水四溅，哀鸣绕梁，食客正欢！大睁眼，眼看得驴好玩儿地各种挣扎；舒两耳，耳听得驴各种浪叫；频龇牙，且品尝鲜活活驴肉。就一个字，爽！又怎一个"爽"

字了得？驴看着食客吃，吃自己，吃自己的前后腿、背脊、头尾，大体也该觉得很痛啊快的……现场感？强！中国文化特色？浓！

唉，这些动物界的知识分子、教授或学者啊。满腹经纶有什么用？智慧超群有什么用？清高脱俗有什么用？倔强不屈有什么用？还不是被人家人吃掉？被人家剥了皮熬了药送给女朋友？

今特意买得驴肉二斤，献祭于此。呜呼哀哉，尚飨！

## 鸡 鸣

好久没有听到鸡鸣了。我有些想念它。

古时候吧,鸡叫很容易就能听到的。"板桥人渡泉声,茅檐日午鸡鸣。""狗吠深巷中,鸡鸣桑树颠。""雨里鸡鸣一二家,竹溪村路板桥斜。"农业社会啊,禾苗啦,桑麻啦,鸡呀,狗呀,都和人相依为命。一草一木总关情,相互间感情深着呢。

那也是个百兽率舞、千鸡争鸣的时代。鸡族个个都叫得很用心,很积极,很动感情。公鸡司晨,母鸡下蛋,或者压根就不为了什么,都要叫一叫的。雄鸡一唱天下白,公鸡打鸣喔喔喔,透着股自豪劲儿。现在可不成。"有鸡叫天明,没鸡叫也天明。你烦不烦啊?"会有人诅咒你的——可怜的,连自欺一下自恋一把也不让。母鸡下蛋咕咕咕,拍着翅膀绕着鸡窝转两遭,声音里有些许羞涩和骄傲。"满招损,谦受益。要戒骄戒躁啊!"有人会善意规劝你。

那时鸡的地位也高,作用也大:鸡是官家的喉舌,民间的信使。相当于现在的广播、电视和网络吧。鸡不鸣则已，鸣必惊人。"平生不敢轻言语，一叫千门万户开。"

鸡是传令兵，鸡鸣就是命令。"听，鸡叫了，开城门吧！"其实不是鸡叫，是孟尝君的门客——鸡鸣狗盗之徒在玩口技。孟尝君趁着浓浓夜色的掩护悄悄逃出了秦国。

鸡是德禽。"守夜不失时者，信也。"它不乱叫的。半夜不叫。半夜叫那一定是黄鼠狼来了。鸡叫是拨打110，报警。——不像手机，随时炸响，是不定时炸弹——多半是领导打来的，来的多半不是好事儿。

"三更灯火五更鸡，正是男儿读书时。"鸡鸣是爹娘的殷殷嘱托。秀才听到了鸡鸣，起床发奋读书。司马光用的是警枕，圆滚滚硬邦邦一截木头。笨得他！不知养只鸡么？

"鸡声茅店月，人迹板桥霜。"鸡鸣相当于旅店的人工叫醒服务，免费的。旅人听到了鸡鸣，就早早踏上了归程。

"要下雨了，小到中雨，快去收衣裳吧。"郑国的农夫回头对老伴说。"风雨凄凄，鸡鸣喈喈"（小雨），"风雨潇潇，鸡鸣胶胶"（中雨），"风雨如晦，鸡鸣不已"（暴雨）。他听出了中央一台的天气预报。

"此非恶声也！该起床练剑了。"东晋的将军祖逖听到后心里说。他闻鸡起舞。他听到的是祖国的召唤。

"鸡既鸣矣！快去打猎吧，野鸭和大雁都起床了呢。回来我也好给你整点儿小酒做几道小菜。"齐国的老婆催促道。

齐国的老公还想睡，嘟囔："什么啊，是苍蝇的薨薨声。"明明是鸡鸣！——娘子却也不强迫他。岁月静好，现世安稳。

唉，听听，这些温情的鸡叫声。不像闹钟。闹钟不懂事儿，叫起来就没完没了的，吵！也太刻板了点，胶柱鼓瑟，没有个抑扬顿挫起承转合，宫商角徵羽全不讲究，没腔没调不负责任，感觉不像是在温情脉脉地呼你，是它自个儿癫痫发作了在打摆子抽筋。

现在呢，鸡也没啥社会地位了——你要说一个女人是鸡婆，她肯定会啄你一口——人眼里看着也就觉着鸡就是个跑来跑去的肉团子和下蛋"机"。所以鸡叫也是错，不叫也是错。也没人听了，也听不懂了，也听不出个诗情画意来了。这门外语失传了。大概只有嫖客喜欢听鸡叫吧。

我喜欢听。上次听到鸡叫已是两年前了。那时有些郁闷。城市让我窒息，呻唤不得，像被扼住喉咙拖地走还蹭着地摩擦的老狗。就随意地四处走走。路过菜市场时，忽然就听到了鸡叫声，瞬间觉得我又回到了人间。——虽然还不是天然的鸡鸣，虽然只是人捉弄出来的，虽然……

前天遇到楼上的老李，老李问："这几天你听到鸡打鸣了吗？"

"听到了。我以为做梦呢。"

老李笑了："噢。我也以为做梦呢。估计是五楼张家养了鸡。"张家老婆子是农民，喜欢吃鸡蛋、鸡脖子、鸡胗、鸡爪和鸡皮。

几天后，鸡不叫了。大概已经进化成烧鸡或卤鸡了吧。烧鸡会叫吗？不会。卤鸡会叫吗？不会。

老李转身又问我："你还能听到鸡叫吗？"

"不能了。你呢？"

"也不能。"

两个人悻悻地各自走开。很失落的样子。

# 麻雀记

## 1

院子里来了一群麻雀。叽叽喳喳的,像一群放了学的儿童,"轰"一声飞去,"哗"一声落下。

下雪了。清早起来,不见人迹。有雀爪信步涂鸦,印出一幅斑驳的画,画着梅花、菊花或者别的什么花。——麻雀们已来过了。大概是下来赏雪,顺便找点儿吃的。

麻雀都飞哪儿去了呢?

我望了望远处迷蒙蒙的天。

改革开放了。春到人间,麻雀们纷纷回来了。日子好过了,麻雀的日子也该好过点儿了。并没有。开放了,放开了,胡吃海喝一气。搞活了,胡搞乱搞一气,搞到肾亏。雀肉暖腰膝,雀脑壮肾阳。(麻雀的繁殖力极旺盛,中医又迷信以形补形。)20世纪80年代,流行起吃麻雀来。一盘椒盐麻雀端上来，咯吱，咯吱，咯吱吱……人人吃得油光满面，"性"趣盎然！缺啥补啥？哈，补什么，缺什么。

麻雀被迫集体离家出走，远走，高飞。

发财了，就良心大发了？富裕了，就富有良心了？并没有。

人是害虫。

麻雀啊，你也是眼瞎，非要认贼作友。

活该！

## 2

麻雀聪颖，但不狡诈。狡诈的是人。"小家雀斗不过老家贼。"人是老家贼，老贼老贼了。

麻雀有爱，所以勇气爆棚。护雏时，勇敢的样子，正像一位母亲，猎狗什么的，统统不放在眼里。——这一点，曾经惊着了屠格涅夫，被他写在了文章里。

麻雀"气性"大。"不自由，毋宁死。"小时候，父亲逮着一只小麻雀，用绳子绑了腿，陪我玩儿。临行嘱咐我，玩会儿就放了它。我哪里舍得？关它在笼子里，蹲在笼子边儿，殷勤喂它小米儿吃，喂它雪碧喝，说好话唱童谣给它听。

小麻雀不听，不吃，不喝。它别过头去，它冲我翻黑眼。——它没法翻白眼儿，它漆黑如豆的眼里充满了悲伤和愤怒。它是觉得被信任的朋友出卖了。——"我们是朋友哎，家人哎，我和你们玩儿，你们竟趁机抓我，关我。"小麻雀伤心了。麻雀也会伤心的。——谁没有心呢？麻雀虽小，五脏俱全哪。

没几天，小麻雀就被气死了。

麻雀警惕性高。小林一茶幼年失怙失恃，俳句曰："小麻雀，无爹无娘，来和我玩儿。"他是怎么做到的？羡慕死我了。

# 燕子记

## 1

麻雀，燕子，都是家常的鸟儿，家人一样的。它们也都亲近人，亲人一样的。人们叫麻雀："家雀儿！"叫燕子："小燕子！"只是燕子对人类，亲而不近，敬而远之，把巢也高高筑在屋檐下。不像麻雀，贼大胆儿，不知死活。

燕雀也都没什么坏心眼儿，心直口快的。小燕子和蛤蟆比拼"贯口"，数数字，看谁先数到十。小燕子嘴快："1、2、3、4、5、6……"蛤蟆大嘴一张，就来了一句："二五一十（啊～呜～一吃）。"燕子输了。

麻雀是布衣、百姓。常年穿一身麻色的、褐色的、栗色的蓑衣，是渔夫、农夫、樵夫，平易近人，低调，不扎眼。燕子是贵族，无论居家、外出，都着一袭黑白的燕尾服，优雅，高贵，一丝不苟地讲究。

麻雀吃上也不讲究，逮什么吃什么：虫子，草籽，稻谷，胡乱吃一气。"有吃的就不错了哪。"它们知足。燕子就只吃飞虫、活虫。

麻雀像一群不爱学习的坏学生，飞来飞去，都是"突"一声，窜来窜去的，静不下来。"燕燕于飞，差池其羽……燕燕于飞，颉之颃之……燕燕于飞，下上其音……"燕子像是哈佛、剑桥、牛津的学士、硕士、博士，就算歇息在电线上，也像是五线谱上的高音符号。

"房子是用来住的，破房子有一间，也就够了。"麻雀的房子有时只是个墙缝儿。燕子两口子会精心衔来燕泥垒燕窝。（燕窝：金丝燕呕心沥血筑就，建在海边悬崖峭壁处，也被人类千方百计搞来吃了。那是人家的家哎，人家的房子唉。嚼倒泰山不泄土的人类啊。）

燕子伉俪情深，比翼双飞：颉之颃之，下上其音。"昔年无偶去，今春犹独归。故人恩义重，不忍复双飞。"

燕子是深情的。

燕窝多是两口子同甘共苦一起垒就。倘一方离世，不得已择了新偶，也必会另垒新巢——大概是怕睹物伤情吧。

燕子是念旧的。

## 2

麻雀留鸟，燕子候鸟。秋天来时，燕子就要南迁了。

哲学家、植物学家、动物学家、伦理学家、逻辑学家、政治学家兼文艺理论家亚里士多德,人类最强最智慧的大脑,言之凿凿、信誓旦旦地说,燕子冬眠,而且就在河滩的泥土里。呵呵。谁会真的关心、关注燕子呢?人们就都信他了。直到18世纪。

18世纪,一位瑞典鞋匠百无聊赖,突发奇想,便在"自家"燕子腿上写一条子:

"燕子,你是那样忠诚,请告诉我,你在何处过冬?"

第二年春天,燕子飞回,腿上又绑着新条儿:

"它在希腊雅典,安托万家越冬,你为何刨根问底,打听这样的事情?"

小时候,我向妈妈打听燕子的行踪。

"妈妈,燕子秋天飞哪儿去了呢?"

"飞到南方去了。"

"噢。那南方又是哪里啊?"

"操这些闲心干吗?做你的作业去!"

我那时想,南方,呵,南方,该是遥远的江南了。现在才晓得,南方,可以南到南半球,到爪哇,到澳大利亚——北半球秋时,南半球正是春天呢。——燕子是追随着春的脚步去的。燕子喜欢和春天住在一起。

想想,南半球,好远!成千上万公里了吧。想想,真不容易!连想一想都累,都烦。——这还是不用办签证护照什么的。国家？民族？领土？领空？领海？是人类才在乎的玩意儿。

想，燕子真是有情的鸟啊。穿越大半个地球，来睡在你家屋檐下。"似曾相识燕归来"，今年的燕子，正是昔日的旧友呢。想起时，会觉得，世间到底还是有真情在的。我已离家漂泊多年，我家屋檐下的那家燕子，也不晓得流浪到哪里去了……

人，应该让世界充满爱和温情。人心暖了，冬天也是春天呢。人间春常在，燕子就不会再到处奔波、迁徙了吧？毕竟路途那么远，那么让人累，那么惹人烦，还那么危险。

燕子会在乎天寒地冻么？不会！

"小燕子，穿花衣，年年岁岁来这里，我问燕子你为啥来，燕子说：'这里的春天最美丽。'"

## 乌鸦与喜鹊

人是人一类。乌鸦与喜鹊是鸟一类。在我这个另类眼里，乌鸦和喜鹊纯属同类。列那尔说喜鹊："它全身漆黑。但是，它去年冬天是在田野上度过的，因此，身上还带着残雪。"科学家说，乌鸦，也叫灰喜鹊。

本来就是一类吧，并没有什么不同。

我年轻时太年轻了，愣是看不出这一点。总是无端喜欢喜鹊多一些：暮鸦噪林，我吐唾沫；鹊踏梅枝，我喜上眉梢。

天下乌鸦一样黑，黑乎乎的，像一群中世纪鬼鬼祟祟的黑袍修士，在黑漆漆的夜里给别人家的麦田里种稗草，乌鸦嘴，"呱—呱—"地叫，刺耳，像给临终的人宣告末日的来临。我那时真是太年轻了啊，太多情，太脆弱。"枯藤老树昏鸦"，"寒鸦数点，流水绕孤村"，"月落乌啼霜满天"，"树树西风，暮鸦寒不起"。乌鸦让我感到孤独、哀伤和凄凉。

喜鹊就讨喜多了。

乌鸦是慈乌？乌鸦反哺？可人家喜鹊漂亮呀！乌鸦聪明？"从前，有一只乌鸦，它口渴了……"可人家喜鹊漂亮呀！叵耐灵鹊多漫语，报喜何曾有凭据？可人家喜鹊声音就是好听耶！

我那时真是年轻。

现在，我老了，老眼昏花，再也看不出漂亮和丑陋有啥区别，看不出聪明和愚蠢有何不同。

现在，我老了，悲欣交集，亦悲亦喜，又无悲无喜。我聩聋的耳朵，从喜鹊的欢声中听出了悲伤，从乌鸦的悲鸣中听出了欢乐。但更多时候，从乌鸦与喜鹊的叫声中，我听到的，只是叫声了。

## 小鸟和它的笼子

孩子在远处欢天喜地地玩儿。

爷爷招手,唤他过来。爷爷发现了新大陆,指给孩子看:树根处,一只小鸟的死亡。

小鸟好小。稚嫩得像粒青翠的嫩芽。

尸体像一件小小的行李,被遗弃在寂寞的车站角落里。

生命自顾自地飞走了。

小鸟已经干枯了。很安静。闭着眼,仰躺着。纤细的笔一样的爪子书向天空,却没写下任何笔迹。没有挣扎。没有愤怒和遗憾。

孩子蹲下,两尺外,缩回双手,静静地看了一分钟。眼神里,仿佛有一丝怜悯,又似乎并没有。

爷爷呵呵笑了两声。又指指树上,给孙儿看:"看,这不是鸟笼吗?"

鸟笼里空荡荡的。

它曾经关过活泼泼的生命与清脆的鸟鸣声声，却没能把死神关在笼外。

微风轻拂，鸟笼晃了几下。笼外，树下，鸟儿一动不动。风儿再也吹不醒、托不起它了。这沉甸甸的小生命，本来可以轻盈如一片叶子呵。

孩子跑开了。

孩子大概只看到了小鸟，没有看到小鸟的死亡。死亡是沉甸甸的。那是爷爷才能看到的东西。

# 笼子里的自由

## 1

鸟鸣好听!

许是同情心、同理心作怪吧,我总能听出笼中鸟的悲切与无奈来。"始知锁向金笼听,不及林间自在啼。"当年,鲁侯养鸟,"奏《九韶》以为乐,具太牢以为膳",可谓"爱"鸟。爱死鸟了!——鸟眩视忧悲,三日而死。

爱它,就给它自由吧!以天地为笼,听那自由之声。

但我也不会随便去打开人家的笼子。

## 2

我自然不会打开人家的鸟笼,把鸟放生。我无权、无力,也无理干预别人的自由。

也因为,连奴役和杀戮,也是自然不可或缺的组成部分。

自然界的事儿，就让其自然而然地发生吧。我做上帝，垂拱而治。

另外，我也不知道人家鸟儿是怎么想的呀。

## 3

卢梭说，鸟儿生来自由，可无往而不在牢笼之中。哪里有什么自由可言。

天高任鸟飞？鸟儿可不一定这么认为。天似穹庐，笼盖四野，天网恢恢，疏而不漏。高天上有鹰隼，十面埋伏着。

## 4

哪里有自由？比较靠谱的地方，也许是，笼子。

监狱是个好地方。那里盛产文艺、思想，和自由。甘地被捕，他说："我自由了！"监狱之外，还是监狱，大一点儿的而已。监狱外，甘地被群众绑架，被政治绑架，被独立与救国的理想绑架，可曾一刻自由过？

——越是美好的，就越是危险，人越容易被其绑架，还浑然不觉。譬如自由，正是对自由的向往和渴望，才让人不自由。

人人都需要一个笼子，用来把世界关在笼外，把自己留给自己。

孔子七十，从心所欲而不逾矩。他在笼中踱着方步，胜似闲庭。"从监狱的门口到窗边，是七步。从监狱的窗边到门口，也是七步。"伏契克在监狱里做起了数学题，浑然忘了自己。身外有笼，心中无笼。

哪里有什么笼子啊。囚禁你的，正是你自己。监狱，也不过四堵墙而已。

果壳里面，可以有个宇宙。

# 树上的鱼

## 1

一条小鱼,优哉游哉地,卷着尾巴,自由自在地,游来,游去……在一片属于自己的湖泊里。

它的湖,是在一只塑料袋里。

袋子,挂在一个低垂的树杈上。

——是大人从花鸟鱼虫市场上买来给孩子们玩儿的吧,一时忘在那里了。

那条小鱼,悬着,在树上,在半空,自由自在地,游来游去……

它一点儿也不晓得自己不幸被人从湖里捕到鱼市又被人从鱼市掳了过来,又幸运地被遗弃在一片自由的天地里。

——关于命运,谁又晓得多少?晓得又待怎的?

它并不担心明天。

它快活地,游来,游去。

只要会生活,那片"湖",那片天地,在我看来,已经够广大的了。一袋子的水,够游的了。可以游很多个来回。可以游很久。何况还被挂在树上,是很高的高度了。可以看到很多,很多……可以看到很远,很远……加上点儿想象力,甚至可以看到北海、中南海。

一生,又那么短。短得不值得去思考,不值得去忧郁。甚至,不值得去快活。

## 2

鱼,是快乐的吗?庄子和惠施争辩了两千多年了,至今还依稀能听到他们吵吵的回响。

据说,鱼的记忆只有七秒。真的吗?那样,就好了。

那么,鱼,该是快乐的。

鱼的孩子很多,比我太爷爷的子孙们可多了去了。我有时会怯怯地挨蹭到他身边,想讨一颗糖吃——他兜里有糖,是我二大爷从城里带回来的——这让我觉得太爷爷还是很可亲的。他却每次都只是呵呵笑着,轻抚一下我的头。他世事洞明,晓得我的心事。我晓得他晓得。但他不记得我了,叫不上我的名字，认不出我是他亲亲的玄孙。

鱼妈妈也记不得她的孩子们。记不过来。太多了。也不去记。她的多数孩子生来就是用来送死的。她知道，那是它们的宿命。她清楚地知道。

鱼妈妈悲伤么？

开始也许会悲伤吧。很快就悲伤不过来了，就不再悲伤了。

鱼总是圆睁着双眼。为什么呢？

我常常盯着它的眼睛，想看出一丝哀痛来。并没有，空洞洞的，无悲无喜。我觉得那眼神里满是绝望。但，谁知道呢？也许并没有。

死亡，是鱼的宿命。鱼的下游，是砧板，是人的胃。早晚的事儿吧。

生死、寿夭并不重要，重要的是，快乐。

要快乐呀！

此时，此刻，那条树上的小鱼，在快活地游来，游去……

## 3

那棵树上的鱼，挂了好久。

# 虫子小识

螳螂乃一酷男形象,清瘦,冷峻,是用几组简洁、有力的线条勾勒出来的。造物主创作它时不肯浪费一点儿笔画,一个点儿都没多用。真节约!螳螂也够冷,够酷。冷面杀手,下手时也简洁、有力、冷峻。你眼睁睁地看着它咔嚓咔嚓地吃掉你。救不得也。是连老公都杀的主儿。

蚊子像个驼子,总耸着肩,心无旁骛,埋头吸血。原谅它们吧,这是母亲在为孩子储粮。(吸血的为母蚊子)

苍蝇要从容些,但是有些胖,是虫子里的"杨贵妃"。但,一边吃一边拉的习惯可不好。

那蜻蜓就该是赵飞燕了,可作掌上之舞,惯于在小荷才露尖尖角时,露一小手,炫下自己高超的舞技。

蚂蚁是勤劳的工人,干净、整洁,任劳任怨,是城里的百姓,都精干,像一串串黑色的数字8,在大地上忙碌着。它们不会嘲笑像农民一样的屎壳郎。

屎壳郎在土里粪里找生活,自己脏着,却是这个肮脏世界的清道夫呢。澳大利亚狗粪成灾,就是请的这些"大虫"过去给做的美容。

蜜蜂是纺织工人,跳着舞在花间忙碌。比女工浪漫多了,比她们更会生活更懂生活。工作和跳舞原来并不矛盾呀。

马蜂?那是土匪。四处打劫,"嗡"一声飞来,"嗡"一声又飞走了。

蝴蝶是花花公子,到处留情,惹下漫天的绯闻。折起翅膀来,也像一纸随时寻觅投递处的情笺。

蟋蟀是闺中怨妇,整日悲悲切切,"悔教夫婿觅封侯"。

不要给我提那些蛆虫们。白白胖胖的。它们是没落的贵族。它们什么也没学会,它们什么也没忘记。

虱子嘛,是依附高层吸人血的贪官滑吏。"有附着于他物而破坏之者,其数概无限也。身有虱,家有鼠,国有贼,小人有财,君子有仁义,僧有法。"它们是人身上的国贼。

蚕是理论家,书生。满腹经纶,指望着有朝一日能衣被天下。结果呢,"若个书生万户侯"?"百无一用是书生。"到底被人利用,最后出家,入了道门,羽化而飞升了。

蜘蛛是将军,运筹帷幄,神机妙算,决胜于千里之外。"南阳诸葛亮,稳坐中军帐,摆起八卦阵,单捉飞来将。"

那虫子中的皇帝是谁呢?鸟中凤凰兽中龙,虫子也该有的吧?!这可难为我了。我只好老老实实地告诉你——没有。虫子们不需要那个玩意儿。

## 蜗牛传

比起蚯蚓,蜗牛就帅气多了。因为,它有间小房子!这就可以归入小富帅一族了。

在这个纷扰繁杂喧嚣吵闹的世界里,蜗牛选择诗意地栖居,独居。蜗牛的家虽小,蜗居,却是它的整个世界了。屋里也没什么家具。不过也过得挺好的嘛!第欧根尼认定幸福的生活只需要一只木桶就够了。千万年来人类只出过一位第欧根尼。可蜗牛们,个个都是。它们是生物界木桶理论的信徒和最真诚的践行者。

蜗牛是虫中的智者。它懂得道路漫长,路永远也走不完。赶路?傻!傻就一个字。蜗牛不急,不慢。急什么呀?!不知道前方的前方还有前方,未来的未来还有未来?赶路是赶自己,奔命似的。再说了,一个人无论走多远,都走不了多远的。蜗牛一步步地走,一步一个脚印地走。一边走,一边看。看花,看水,看风景。它要阅尽人间春色。

蜗牛也是牛。只是它清楚地知道自己不是救世主,没有耕耘世界、温饱人间、大庇天下的野心，没有"登车揽辔澄清天下之志"。它选择独善其身。它知道这世间的险恶，风雨的无常。它背着它的小房子，有备无患地从容地走，到哪里黑了到哪里歇。唯有智者能这般从容。智者多冷酷。可蜗牛的心是柔软的。它小心翼翼地伸出它小小的触角，探听世间的消息。你只要轻轻一碰，它即缩回屋去。对外界它是敏感的。它知道，它知道外边的世界呢！到处是阳光下的阴谋，风平浪静下的惊涛湍流。它以腹为足，像个逗号，谦卑着，匍匐行于世。它不想伤害任何人。因为懂得，所以慈悲。因为爱，所以软弱。

行走时却是高昂着头的。不点头，不哈腰，也不和别人抢道。它只走自己的路。别人不去的地方就是它的方向。

它是真正的旅行家，徒步爱好者。背着简单的行囊，它出发了。穷游天下。不带钱，不带粮，不带衣物和药品，它几乎只是带上了它自己。其他都是累赘，多余的身外之物。

最终它也死在了路上。像一个句号，写在墙上、树上或风中的任一处地方，写完了它光辉的人生篇章。没有人在身边。它独身。（蜗牛雌雄同体。）没有亲人挂念它，也没有亲人让它挂念。没有人知道它的死。它的死是干干净净的死，决绝的死，彻底的死，也是风流潇洒的死。比刘伶"荷锸任埋"潇洒多了，它都不要那个什么鸟锸子，不用人埋。壳，那个家，那个简易的随身携带的旅社也就成了它的棺材。

## 小院子里蛐蛐叫

"小院里一帮子蛐蛐叫。一夜一夜没完没了地吱吱叫。"某友说,"烦都烦死了!"

"兴许是人家一家子大团圆呢,在开家庭音乐演奏会!"我家老娘最近跟着我过日子,有家的感觉比较强烈吧。我下意识就这么联想了。

"它们自己不烦吗?"

"因为它们欢喜吧。"

"它们就不吃饭不睡觉吗?!"

"或许是忘了吧。高兴了,悲伤了,叫一叫,挺好的。叫得忘了吃饭,叫得忘了睡觉,叫得忘了悲伤,甚至,叫得忘了欢乐。挺好的。"

"它们为什么不会停!?"

"因为悲伤不会停,因为生活在继续……"也因为,蛐蛐是尼采的信徒:每一个不曾歌唱的日子,都是被辜负的。

# 虫　趣

## 1. 吊死鬼？怪哉

尺蠖，很好玩儿的！不像别的虫子那么肉感、肉麻，属绿色虫子。我小时候常常捉了来，放在自己胳膊上，看它匆忙要逃离的样子。它行走的样子很好玩儿：一耸一递的，拱起一座拱桥，放平，又拱起一座桥来，像一座行走的小桥。

尺蠖受惊，一着急，就甩出一条丝去，从树枝上直吊下来，在半空中，荡来，荡去……大概有时一时贪玩，竟忘了风险，在风中荡起了秋千，时不时地还引体向上，一蹭一蹭地玩起了吊环。

我那时哪儿晓得它学名叫尺蠖啊，我都还没上学呢。我叫它小名儿：吊死鬼！

吊死鬼是小孩儿，只是一味顽皮，才不真上吊呢。吊死鬼会说话，一定一脸鄙夷，笑话人："想啥呢，想啥呢，你们人类。世界多好玩儿啊！吊死自个儿？不好玩儿。那得多冤哪！"

有种虫子是那种想不开型的。口口声声只是喊冤："怪哉，怪哉！"

汉武帝赴甘泉，路遇一虫，色赤，眼耳鼻舌毕具，人皆不识，东方朔道："虫子有卵生，有胎生，有湿生，有化生。此虫名唤怪哉，为人怨气所化。此地必有冤狱。酒可解忧，可忘冤，以酒浇之，必化去。"验之，果然。

此虫想必今亦多有，应多潜伏在民间。奈何无东方朔。

酒的销量可是连年大涨啊。

## 2. 书蠹

书蠹可不好玩儿，见识过而已。

书蠹，即衣鱼、蟫鱼，有银子般的颜色。脑袋大，而且钝，身躯渐萎渐缩渐小。呆头呆脑的，正像知识分子的写真。书蠹算书香门第吧，咬文嚼字之辈。"告诉我你都吃些什么，我就能告诉你你是怎样的人。"读书，可不慎哉？据说吃到诲淫诲盗之书，书蠹会变作"无曹"，暴虐而纵欲；吃圣贤书呢？会变呆、变酸，变作夜郎自大的"玄灵"；吃"神仙"书，会变作"脉望"，羽化而成仙。

一些书呆子而已，坏得了什么大事儿？看把那些大人君子们怕的，非要整出焚书坑儒那么大的动静来。

沈起凤《谐铎·祭蠹文》载：蒋观察万卷楼藏书半为衣鱼所毁，命童子搜捕，尽杀而止。是夜楼中万声齐哭，几于达旦。

书蠹们冤枉哪！

书最大的敌人不是衣鱼，不是火灾（《四库全书》藏于文渊阁、文源阁、文溯阁、文津阁、文汇阁、文澜阁……一色水字边儿；天一阁取意天一生水。水克火），是人祸。

就算被虫蛀了，那也是"虫书"体啊。鸟虫篆，蜿蜒盘曲，栩栩如生，挺美的！

### 3．磕头虫？应声虫

磕头虫，谁小时候没玩过啊！没玩过的人都没有童年。

太好玩儿了！按住它的下半身，它就会拼命叩头如捣蒜，一言不发，又呼天抢地似的："大爷啊，老爷啊，祖宗啊，放我一条生路吧，饶我一条小命吧，我上有八十岁老母，下有三四岁的孩子……"它这样子表现让我们这些儿童很满足。但那也不会就那么轻易放过它，总得玩到厌烦为止。

这种虫子我大中国独有？或许最多吧。人也跟着学会了不少做人的道理。清代历仕三朝的不倒翁曹文正公（曹振镛）晚年恩遇日隆，声名俱泰。什么窍门？曹道："无他，但多磕头、少说话耳。"康圣人有为感慨："中国国民不拜天，又不拜孔子，留此膝何用？"

多磕头，少说话，最稳妥的是不说话。职责所在，不得不说两句？那就做只应声虫好了。"嗯！嗯！"

宋朝陈正敏《遁斋闲览》载：杨勔得异疾，每发声，腹中有小声效之。数年间，其声浸大。有道士见而惊曰："此应声虫也。久不治，延及妻子。"——现在可算是延及子孙万代，都成气候了。壮哉！

怎么治它？

"宣读《本草》，遇虫不应者，当取而服之。"杨勔如其言，读至雷丸，虫忽无声，乃顿饵数粒，遂愈。——这药哪里有卖？我想批发。

后来，陈正敏到福建长汀，遇一乞丐，也得了应声虫病，环而观者甚众。陈告以疗法，乞丐敬谢不敏："谢谢哈！只是我贫无他技，所以求衣食于人者，唯藉此耳。"

这就没救了。

磕头虫，应声虫，都是可怜虫哪。

## 4．萤火虫？西瓜虫

小小萤火虫，飞到西，飞到东，这边亮，那边亮，好像许多小灯笼。

夏秋间，河边，日落黄昏后，是捉萤火虫玩儿的好时节。

萤火虫，又名夜光、景天、熠耀、宵烛、耀夜、流萤。多骄傲的名字啊！——我们自个儿会发光！一辈子也不用和人说："借光啦，借光啦！"

诗人借来写诗："轻罗小扇扑流萤。"

情人们用来制造浪漫：捉好多好多，一起放飞，漫天飞舞，这些黄的、绿的，梦幻一般的小精灵！

东晋车胤用来沽名钓誉：囊萤读书。讲真，这挺不好的。

小时候还常捉另一种虫子：潮虫。像球鞋踩出的鞋印子，又叫鞋板虫。不晓得为啥叫鼠妇。老鼠的媳妇儿？

"喜欢"装死，你拿小树枝一类撩它，它立马团成一团，成一粒黄豆大的、灰蓝色的、晶莹剔透的小西瓜，连瓜纹都惟妙惟肖的，像极了。西瓜虫！

我们儿童不懂事儿。高兴了，就玩一会儿；不高兴了，就一脚踩上去，也踩不出多少西瓜汁来。

西瓜虫，可以做药材，可以吃。

# 痴念：花鸟虫鱼篇

## 1. 贪痴

蜗牛是屌丝。风里雨里奔波苦，旅馆又那么贵，治安又那么不好，撂了破房子在路边，会被人抢走的。所以，随身背着它那个蜗居，到处走，聊避风雨。这不叫贪，是必要的吧。

有一种痴虫，叫蜣螂。一路走，一路捡，把它所遇到的一切宝贝都往背上扛，累得牛吼，仍痴心不改。人可怜它，解放了它，它还急赤白脸地跟人急！趁人不注意，就又扛起来跑，不到累死不休息，又喜欢往高处爬，不到摔死不算完。

这样的虫子现在也多见。唐朝时就有，柳宗元见过的。

但是，说什么好呢？人家就图这么个乐子。也许是受多了贫与困的伤与苦，看破了世情人情的凉薄与不堪。以人的经验来论，也是可以理解的。英国的王尔德说："我年轻时，以为金钱是最重要的；到老了发现，果然如此！"

不好说啥的，你也没有同情人家的资格啊。

## 2. 骄痴

我们老家把痴人叫"鹅头"。对，就是"曲项向天歌"的那种扁毛动物。你可以想象得出它梗着脖子和天叫板的痴样！据说牛眼看物是放大，所以牛谦卑；鹅眼看人是缩小，故而鹅自大。狗眼只是看人低，鹅眼看人小，见人就扑上去，比狗还执拗。这呆头鹅！被人用来看家护院了。

鳜鱼也是。见人就竖起鬣须，以为人怕了它。

但，精卫不是，螳螂不是，青蛙不是。那一年，勾践灭吴，大军所到之处，荡然一空，靡有孑遗。正行进间，有一怒蛙，穿绿色迷彩，如坦克一般，虎踞当道，把住去路，不放三军过去，要为它的家室复仇。这不是骄痴，不是傻，是宁为玉碎的意志！是决心！是勇气！越王为之扶轼，我也要向其致以崇高的敬意了。

立正！

## 3. 情痴

自恋也是一种爱情吧。爱自己，是终身浪漫的开始。

有自恋成痴的。譬如锦鸡，自惜羽毛，常临水自照，多有溺水而亡的；譬如梅花鹿，痴迷于自己枝枝丫丫的鹿角，常因此挂在树丛，被猎人割了鹿角；美少年纳西索斯对山林女神的求爱不屑一顾，却爱上了自己水中的倒影，最终化为水仙一丛。

自恋没什么错。要是能分一点爱给别人就更好了。人也会显得更有爱，更可爱，显得不那么自私。

爱人如己比较难，也比较少见，所以弥足珍贵，因此倍受称颂。鸟中多有这样的，一夫一妻，矢志不渝。譬如天鹅，譬如鸳鸯，譬如大雁。你捉了雌的，雄性会自投罗网；你捉了公的，母的会自杀身亡。

金末元初元好问就遇到过这事儿，填词《摸鱼儿·雁丘词》："问世间，情是何物，直教生死相许？天南地北双飞客，老翅几回寒暑。欢乐趣，离别苦，就中更有痴儿女。君应有语，渺万里层云，千山暮雪，只影向谁去？"汾水河边，垒石成丘，安葬了那对情痴。

我有一晚在汾河边散步，忽然想起，就一路痴痴地在草丛里搜索，无果。现在，谁还会在乎一对鸟儿的爱情呢？也没人会想起该保护这对爱情英雄的纪念碑。

当然，据说，天鹅和企鹅也有偷情的，或者是跟着人类学的吧，或者本来如此。

## 4. 其他

有一只鹦鹉,路过一山,看山火烧天,便不远万米,到溪边濡湿了羽毛,去灭那山火。结果自然杯水车薪,精疲力竭,还被烧烤成乌鸦一般,侥幸逃生出来。人问这傻鸟:"何苦呢?"它答:"只为曾在此山住过!"

此诚痴情中之大者也。

# 第三章 『你是我的菜』

在我眼里，人生是一场免费的盛宴，有清风、细雨、江湖、夏花、秋月、冬雪……眼餐、耳闻、鼻嗅、舌尝、身触、意会……

## "你是我的菜"

蔬菜，就不说了。一些植物，静静地生长在野地里，不招谁不惹谁，动摇着春风，沐浴着夏雨，秋时结自己的种子，冬日收了，俏生生地站在月下赏雪景。后来，被一些不相干的人捡到了篮子里，装在了盘子里，并且说："你是我的菜。"真是莫名其妙。

蔬菜是怎么想的？在盘子里，它们会想念自己在野的时候吗？——那虽说风雨飘摇，却也风光无限的曾经的时光呵。

说说荤的，荤菜，牛羊猪鸡。它们可不老实，有腿，腿脚方便，是会跑的菜，得圈起来。人得用把力气，动用些感情，才能驯服它们，才能把它们装盘、上桌。那时，多数牛羊还是会配合的，它们重感情。羊对磨刀霍霍的屠夫说："大哥，小心啊，你的手。"也有意外，有年杀牛，是只母牛，有孕在身。母牛含泪给人跪了。这可怎么办呢？主人急得直搓手，后来总算克服了感情的困扰。要过年了，再说了，"你是我的菜呀"。

猪蠢。蠢猪嘛！蠢货就知道吃。这吃货，浑浑噩噩的，浑不知吃的人生意义是什么，各种挣扎。唉，何苦，你本就是人家的菜呀。鸡就明事理，它是胆子小。"别闹了，别闹了，一会儿完了就不疼了，很快的。"人安抚它。杀鸡抹脖子，完了，果然就安静了。安安静静的，才是菜该有的样子。

小时候，我家养猪，喂猪的事儿归我管。那时，大人们的心不在猪身上。大人忙着呢！顾不上收拾猪。猪被冷落了，就比较能做自己，活成了自己的模样。人和猪之间，关系也比较随意、散漫、不讲究，是老朋友、好伙伴之间的那种。路边随便扯几把草丢给它："喏，吃吧，你的午饭。"就不再理它。不理它，它也长大了。猪也不介意，毕竟那时人还吃土呢。挺和谐的关系，挺好的。那时的猪肉也好吃，大概猪不好意思对不起朋友。

后来，养猪的一门心思都只是毛爷爷，心也不在猪身上，把猪当猪一样养。"你糊弄谁呢？当我猪啊？"猪嘟嘟囔囔地抱怨。草不是原来的草了，猪肉也就不是原来的猪肉了，不好吃了。

现在又好点儿。猪们享受着帝王般的尊荣：给定时洗澡，给放轻音乐听，有时还被逼着满山满谷跑，是健身的意思。走心了，用心良苦。且不管后来是不是人家的菜，咱先尽情地享受来自人类的善意吧。

我曾见过大厨拾掇猪头，很有爱心，倍儿有耐心，神色庄严，神态专注，仔细地给猪拔毛，熨脸，每一丝皱纹都熨到，像是贴心贴身的小姐在捏脚、按摩。猪闭着眼，很舒服的样子，舒服死了。至此，人与猪的友谊达到了"高潮"。

——在吃到嘴之前，人与菜之间还是纯洁的友谊。吃的时候，就坏菜了，危险了，就堕落成爱情了。一方痴痴地盯着对方，深情款款地说："你是我的菜！"菜觉得很幸福，幸福地低下了头，羞红了脸，愉快地丧失了自己必要的警惕和理性。

当然，吃饭（吃饭，主要是吃菜）前，还有一道障碍需要克服。心理障碍：那些菜，可是自己曾经的朋友和最爱呀。总不能就这么赤裸裸地没羞没臊地向朋友下手吧？没关系的，人有办法。君子会"远庖厨也"，眼不见，心不烦；小人会找些由头，譬如，"你有罪""你天生就是我的菜""吃了你是成就你""我不吃，别人也会吃，那岂不便宜了外人"等；另一些人懒，也耿直，就只是给菜改个名：和尚把鱼改叫"水里游"，把鸡唤作"篱间菜"。

吃吧，吃吧，我是你的菜。啥也别说了，来吧，动筷子吧。

## 遭遇美食

老鹰在天空盘旋,狮子在草丛里潜行,松鼠在枝杈间跳跃,蚯蚓在幽暗而温暖的土壤中蠕蠕而动——它们都是在寻找属于自己的食物。而你,也行走在喧嚷的街市上,行走在色、香、声、味的丛林之中。

＃￥%,四川西部一座平凡的小镇。小镇上,数不清的餐厅、饭铺、苍蝇馆子,都在营造着同一种美食。每一家的美食,却又各个滋味不同,都体现了主人各个不同的性格:或温柔,或豪放,或褊急,或平和;都掺入并表达着主人那一瞬间的心情:或愉悦,或悲伤,或郁闷,或愤怒。那些美食家们,则用眼、耳、鼻、舌、身、意,又把它们一一翻译、还原,不但享受着这饕餮盛宴,还会识得美食的创作者,并与作者共同体悟人生的百样滋味。

徜徉在大街小巷,穿行于熙攘人群,耳边吆喝声此起彼伏,口鼻间酸辣鲜香五味纠缠,你都熟视无睹、置若罔闻、无动于衷。忽然,你的耳朵一亮,你的鼻子一醒,你浑身上下三万个毛孔都一齐打开，你忍不住放慢了脚步，眼睛也追随过去，你看到一家门面，招牌上写着×××。

迈开腿，不知不觉你走了进去，隔着香气缭绕的橱窗，你看到炒锅上火焰在蹁跹地舞蹈，叮叮当当，菜刀奏出快乐的交响，"合于桑林之舞，乃中经首之会"。此时，音乐家忘掉了音符，他只看到了美色；画家忘掉了色彩，他嗅到了美味；美食家舌头打结，眼里是一幅色彩斑斓的画，听到一阙美妙绝伦的乐曲；而所有饥渴难耐的食客们，身体内潜藏着的原始的小兽都浮出水面，蠢蠢地耸动着鼻子。

遭遇美食，譬如夜半闻钟，沙漠逢甘泉，仿佛猝然遭遇了爱情，一瞬间，你周身所有的感觉都被惊醒。遭遇美食，譬如八音齐奏，无不和谐，琴瑟在御，莫不静好。遭遇美食，你的每一个角落都被照亮，你的每一个痒处都被挠到，你的每一种情绪都被熨平：那一点点甜，恰好消融了你难以言说的忧伤；那一点点酸，刚刚破解掉你浓得化不开的惆怅；那一点点苦，正好弹压住你轻浮的嚣张；那一点点辣，及时地把你低迷的斗志激发……

你们相遇了。在大千世界芸芸众生中，没有早一步，没有晚一步。你们相遇了，从此你成为不一样的你。你们相遇了，世界无比美好。

你们相遇了。

世界上，有一种语言，人人都能听得懂，听得进去。不是英语，不是汉语，不是古拉丁语。

譬如美食。——没有什么问题是在餐桌上摆不平的。你一开口请客，他就明白了。

譬如微笑，譬如爱情，都是人类共通的语言。

听得懂的人，都会因此变得温和，变得友善，变得柔情万种。微笑，会浮出面庞，像花儿绽放了一样。

## 饮食男女

食、色，性也。吃到有了高潮的体验，也常到达性的境界。

男女的爱恋，也如烹饪。第一步，选料。茫茫人海中，你我他行色匆匆，你恰巧看到了我，我恰巧看到了你，你正好看上了我，我正好看上了你，难哪。没那么多无巧不巧正凑巧，没那么个 Mr. Right 在某处一直矢志不渝地等着你。这时就该厨师（月老）出场了，搭配君臣佐使，确定主料辅料。尖椒土豆丝，鸡蛋西红柿。然后葱切了白，蒜去了皮，各个洗净自己，相互试探、示好，这个故作脉脉含情一脸葱白神情，那位假装出手阔绰坦然装蒜，似乎坦诚相对，其实各有各的有意无意的遮掩和隐瞒。到底对方什么品性、何种滋味，此时还是个谜，能否调到一起也未可知。倘若两情相悦，不忌不冲，便逐渐厮混到一起，经情欲的烈火一烧，便不是真爱也将错就错地认了，添油加醋，腻歪在一块儿。渐渐火热，互相激发，互相浸染，味道也慢慢分不出个你我来，香到了一处。香到浓时，便熄火，出锅，装盘。上了盘，也就是上了床。渐渐冷却，凉下来，这都属正常情况。温情取代了激情，恩情取代了爱情，没了热锅里的激动和焦躁不安，没了装盘前的迷茫与彷徨，多了几分厮守的温情脉脉、相响以湿、相濡以沫。相互间像在窃窃地私语，说些不能为外人道的私房话。色、香、味俱全，当然好。就算口感差些，无毒，就是幸福了。偶然有些花边，倒也无甚大碍，增了些曲折，就算添加了些浪漫好了，像是在菜里加了些许味精，在盘子边添了雕花。不然呢？分？晚了，酱到一起了，分不开了。

也有那不上路的，被拉来错配了，强扭在一起，炒得一塌糊涂。到底丁是丁，卯是卯，同床异梦，不爽得很。倒掉吧，实在可惜，待重新来过，毕竟生米煮成了熟饭……多半也就将就过了。或者火候不到，夹生到硌牙，要么盐太重，或烂熟到无味，这都不算成功的菜肴（婚姻）。最好是八成熟时就出锅，凡事要留点余地才好。

最让人伤感的是女孩选择了葱头，葱头一样的男人。她心里爱着痛着，一边去剥那葱头，一边流泪，为的是自己的心，为的是看一看男人的心。终了，才发现，原来葱头根本就没心。最好的男人是螃蟹，外头威武，眼前道路无经纬，纵横天下，霸气十足，内里却纯洁，温软细致到柔弱。回了家，女人解了其盔，卸了其甲，蘸点姜醋汁，慢火温情，慢条斯理地一条条腿儿撕了,去独享留给自己的软弱,把男人细细消解消化。

当然,时代不同了,如今的娘们都够爷们。"饮食,男,女人之大欲存焉。"强扭的瓜不甜?可解渴啊。先扭下来再说,不成了切片、敷脸、美容。

# 白　菜

## 1

　　白菜，古名菘。北宋陆佃《埤雅》说："菘性凌冬晚凋，四时常见，有松之操，故曰菘，今谓之白菜。"

　　秋冬时，时鲜蔬菜都离你而去了，只有菘——大白菜陪你过冬。冬雪茫茫一片笼盖一切的时候，在皑皑白雪下的地窖里，有两棵温暖的白菜，相依相偎着。

　　烂，也烂在一起了。

　　现在，四季瓜果一时新，很少有人储存大白菜了。

　　世上的人伦也就乱了。

## 2

　　白菜有一定的药用价值。清代《本草纲目拾遗》记载：

"白菜汁,甘温无毒,利肠胃,除胸烦,解酒渴,利大小便,和中止嗽",并说"冬汁尤佳"。除胸烦、和中,还相当于心理治疗吧?

妻子也有同样的品性和疗效。

尤其是当你遭遇人生的寒冬的时候。"冬汁尤佳"啊。

## 3

"昔周颙(南朝齐人)称乡味之美,春初早韭,秋末晚菘是也,(晚菘)味美而食久……"

味美,富含营养,做法多样。可炒,可烧,可蒸,可浇,可烩……其中最爱,还是醋熘。给家常的白菜加点醋,适量,益增其鲜。

食久?是够久的了。吃了足足有六七千年了吧,都从野味吃成时鲜、从时鲜吃成家常菜了,还没腻呢。西安半坡遗址已发现有白菜籽了,三千多年前的中原地带已广为种植——《诗经·谷风》中有"采葑采菲,无以下体"的记载。葑即芥菜、菘菜之类,秦汉时吃起来无滓而有甜味的菘菜从"葑"中脱颖而出,唐朝时选育出白菘,宋时正式称为白菜。现今,上得台面的,被唤作娃娃菜。

"物竞人择"。白菜,白菜,咱也要拼命地成长啊,努力地进化,不能满足于做家常小菜啊。

## 惹火的辣椒

原本,我只是爱吃辣椒,并不"爱"她们。倘若不是因为做辣酱,大概我永不会如此深入地走近、走进她们的内心,与她们相遇相知。

洗辣椒时,开始还是手里有、心中无,漫不经心、轻抛轻掷,何曾怜香惜玉?哪有脉脉温情?是逐渐地被吸引,转为凝视,细致入微地观察,关注再变为关心,关心复生出爱心。

谁能不起怜爱之情呢?你看这些辣椒呢,你看哪:

你看她火辣到惹火的身材!她娇羞地蜷缩着的姿态,像是刚被扯去遮盖的裸女。她青绿的肌肤翡翠般晶莹剔透,还从雨后翠竹那儿借得几许颜色一丝冰爽;她纤细的脚,不足一握,娉婷袅娜,必善跳芭蕾,可做掌上舞,卧于你掌心,她小巧到可怜——仿佛一切尽在你一手之中;你揭开她外皮,可见她内心:细致、精微,好像柔弱;可她柔弱的外表下,有坚贞、刚烈的性格:身虽在,女儿列,心却比,男儿烈——有少女的情怀,有侠士的品行。轻视她的,她让你吃尽苦头;喜爱她的,她也让你近不得、远不得，爱不得、恨不得，欲罢又不能。

你尽可以驰骋你的想象，看看蔬菜里可还有这般性感的品种？这样善解风情的东西？

黄瓜，只是一味地苗条；冬瓜，是个愣头青；苦瓜太苦；土豆太笨；豆角的皮肤也太粗糙了；莲菜心眼太多；菜花的头发蓬乱如鸡窝；西红柿倒有几分姿色，可你看胖成啥了？茄子，是中年的孕妇，多胎的。

清洗毕，辣椒出浴。温柔地一只一只请出，把她们用毛巾一一擦干拭净。一寸一寸的肌肤，一寸一寸地擦拭，是抚摸，是按摩，亲近里有尊敬。待会儿啊，这些勇敢的美少女们，将会视死如归，没入榨汁机中，从从容容地升华她们的生命。

生活中并不缺少美，处处都是美的享受。我们缺少的是，发现美、享受美的眼睛，缺少的是，对万物的欣赏与关爱之情。

从此，无事时，可常做做这样的练习：注视着一件物体，直到自己的目光变得柔和，直到眼里充满蜜意柔情，直到自己义无反顾地爱上它，成为它的情人，被它俘获。当你离开，也会有离别情人时的哀伤的甜蜜。甜蜜里又有忧愁，充满你心。

# 花生米

## 1

"麻屋子,红帐子,里面住着个白胖子。"

这是什么啊?

这是花生。

不对,不对,有三居室、四居室的呢,住的可不止一位白胖子喔,是花生一家子。

是多么温暖的小家庭啊。小国寡民,相亲相爱着,相依相偎着,在地下,在温暖的泥土里,悄悄地,不要人知。

## 2

米的妈妈是谁?花呀,花生米嘛。爸爸呢?蝴蝶啊,蝶恋花。姥姥是妙笔,妙笔生花。姥爷是爆米花——抱过米,也抱过花的人。我喜欢这个脑筋急转弯,是多有爱的一个大家族呢。

花生米不是（大）米。那，花生米的妈妈是哪位？笨！当然还是花了。花生米不是根生，是花生的！花萼里伸出果针，果针伸入地里……是多尽职尽责尽心的母亲。故，又名落花生，是唯一在地面开花、在土里结果的植物。

而且，常常是一个大家族，累累垂垂，血脉相连，聚族而居。

新婚，撒帐，多用枣儿、桂圆、栗子……花生。不但要早生贵子，还要花着生呀！

## 3

花生可榨，花生油；可磨，花生酱。——花可真能生！可生吃、可熟食，可煮、可炸、可醋泡……宜老人：抗衰老，又称长寿果；宜妇人：凝血，通乳；宜男士：强功能，保性福；宜儿童：促发育，强记忆。

尤宜酒徒！是居家必备，是酒徒标配。尤宜那些潦倒的酒徒吧，花生价格亲民。遇到这等酒鬼，人们不免一边摇头，一边叹息，道："但凡有一粒花生米，也不至于喝成这样吧。"一粒花生米？已经够丰盛的了。另有一酒神，大神呐，每饮酒，必悠然从兜里掏出自带花生米一粒，把它掰作两半，又分成三，再分为……道生一，一生二，二生三，三生万物。

拈一颗，抛起来，伸嘴接了，饮一口，再拈一颗，再抛再接，复饮一口。他自啄自斟自饮，能喝上一个下午。终于玉山倾倒，颓然醉矣，然后一摇一摆地飘然离去。此公，道中人也。

## 4

闲暇时，我也常常小酌几杯。母亲便常给我备下几样下酒小菜：水煮花生、凉拌猪头肉……觉得幸福的人生，也不过如此。

不饮待如何？"莫等闲，白了少年头，空悲切。"像父亲，年轻的时候有牙，没花生米；现在呢，花生米有了，呵，牙没了。

而母亲……脑卒中，右臂已经抬不起来了。我已经吃不到母亲亲手做的花生了。前两天，姐姐发来一段视频：妈妈在锻炼，在一点儿一点儿地，艰难地抬起右臂，一粒一粒地把花生米拣到盘子里。姐很兴奋："等着吧，一会儿你们就能吃到老妈亲手拣的花生米了。"远隔数百里，我一遍一遍地看那段视频，又是高兴，又是伤心。

不说了，泪要下来了。

## 豆腐闲话

### 1

假如我是一种菜蔬。唉,假如什么啊,我本就是一盘菜。那我该是什么菜呢?没人家西红柿红扑扑的脸蛋漂亮,没人家黄瓜瘦,没土豆块儿,没萝卜硬,没姜老辣,没葱那么青葱(还有葱白),没茄子满肚子的籽儿有料,没猪肉肥,没羊肉香,没鸭肉那么细腻,没鱼鲜,没螃蟹可爱,没燕窝那么有名。

就一块豆腐好了。就豆腐吧,豆腐一块。

### 2

做豆腐难呐。人生三大累:撑船打铁磨豆腐。泡豆子,磨豆浆,煮豆浆,点石膏,压豆腐……千磨万漉,起早贪黑,精疲力竭,才换来清清白白在人间。豆腐还有个非同一般的品质,它越煮越硬。做人宜如豆腐。

做豆腐？容易。硬了，豆腐干；软了，豆腐脑；水了，豆浆；干了，干丝；腐了就做成豆腐乳。毛了？毛豆腐呗。做事儿宜如豆腐。

豆腐好做，怎么做都好吃哪。小葱拌，香椿配，或煎或炒或煮或炸，切丝，切片，挖圆，做箱……豆腐还会怀胎，怀胎豆腐！

豆腐好吃。瞿秋白临刑留下一段《多余的话》。讨论了半天中国的政治与未来，末了，来了一句："中国的豆腐真好吃呐。"全文就这句最精彩，不多余，让人回味无穷。

## 3

人人都爱吃豆腐。宋代大理学家朱熹不吃。起先还吃呢，还写豆腐诗："种豆豆苗稀，力竭心已苦。早知淮南术，安坐获泉布。"后来不吃了，有了心理障碍了。老夫子格物格出毛病来了。怎么回事呢？磨出来的豆腐重过做豆腐的各色原料的总和。还有没有"天理"啊？纠结了，大概一见豆腐心里就有阴影。好吧，不吃了。这呆子！

豆腐如此多娇，引无数英雄、才子竞折腰。北宋苏东坡爱吃，东坡肉、东坡肘子之外，另有东坡豆腐传世："煮豆作乳脂为酥，高烧油烛斟蜜酒。"南宋陆放翁喜欢，"拭盘推连展，洗釜煮黎祁"。当时四川人把豆腐叫黎祈或来其。

清朝袁枚袁子才尤其痴爱，《随园食单》里用山珍海味来配豆腐，够奢侈吧？豆腐够有面儿吧！杭州名士，有用芙蓉花来配豆腐的。豆腐似雪，芙蓉如霞，看上去艳若云霞，吃起来清嫩鲜美，唤作"雪霞羹"。为讨得秘方，袁枚毫不犹豫，当下就推玉山倒玉柱，礼拜起那名士。"古人不为五斗米折腰，我今为豆腐三折腰矣！"人的膝盖人的腰，不可以为权势折节，不可以为金钱拜倒，为豆腐，值！不为豆腐折腰，要腰干嘛用呢？

　　康熙皇帝也特宝贝豆腐，曾特旨将御膳房八宝豆腐的配方赐给大学士徐乾学。徐学士派人取配方时，还被御厨们借"道喜"之名诈去千两银子。这个配方后被其门生王楼村所得，王楼村传给孙子王太守，王太守传布到民间，这才有了"王太守八宝豆腐"这道名菜。南巡时，"清廉为天下巡抚第一"的江苏巡抚宋荦于苏州觐见康熙。康熙见他年老，对他说："朕有日用豆腐一品，与寻常不同。因巡抚是有年纪的人，可令御厨太监传授与巡抚厨子，为后半世受用。"老宋后半辈子都可以吃皇上的豆腐——享不尽的荣耀啊。宋荦也以此为荣，巴巴儿地把这事儿写进自己的《筠廊偶笔》里。

　　我老婆也爱吃豆腐，尤其爱吃我的豆腐。吃吧吃吧，豆腐就是让人家吃的。别人吃，可不成，自己买去，吃自己的豆腐去！

# 螃　蟹

## *1*

　　世人多爱螃蟹。周成王，晋毕卓，宋苏轼，明张岱，清李渔，个个蟹痴，以蟹为命！以近人论吧，能诗的章太炎的夫人汤国梨吟："若非阳澄湖蟹好，此生何必住苏州。"善书的张大千的老师李瑞清无钱买蟹，乃画蟹百只，聊以解馋，人称"李百蟹"。会画的徐悲鸿说得直接："鱼是我的命，螃蟹是我的冤家，见了冤家就不要命啦！"

　　但，他们不是爱螃蟹，只是喜欢。他们不是喜欢螃蟹，只是喜欢吃。

　　我是喜欢螃蟹的。

## *2*

　　螃蟹长得怪模怪样的，突柄怒目，青背白肚，金爪黄毛，铁甲长戈。西晋司马伦说它长得"可恶"，宋代黄庭坚说它"可笑"，沈括《梦溪笔谈》中说它"可怖"，近人况周颐说它"可厌"，这都是由于心里不爱螃蟹。

情人眼里出西施吧，我看螃蟹怪模怪样怪可爱的！它披坚执锐，踮足躬身，张牙舞爪，让我想起勇气爆棚、敢于挡车的螳螂；它外强中干，示人以强，别人装逼它装横，其实是个软心肠：只是为了保护自己，也免人受伤。你几时听说螃蟹伤人了？人们说它骄横，是借它说事儿！也正是因为它还不够霸道！真霸道了，人们会称颂它仁慈、宽厚和善良。它横行？那叫特立独行！走自己的路，又没让别人无路可走！它败絮其外，却金玉其中：珠玑满腹，锦绣填胸，"银丝缕解，紫液中藏。膏含丹以若火，肌散素以如霜"！吹泡泡玩儿的时候，它又完全是个童心未泯的调皮的少年郎。

## 3

蟹宜独味，宜清蒸。

螃蟹自带油盐，五味俱足，不需别物来成全。燕窝、鱼翅便不同，本身无味，要吸收别材的味道，来成就自身。配料合适了，就相得益彰；不合适，就糟践了自己这块材料！配什么？不由自己说了算，要看命运了。

清蒸也最简单！不要大卸八块，尽可能保持原形，这也是对螃蟹的尊重！不要添加油盐酱醋，原汁原味的，才不糟践，也才丰富！

醉蟹也好！醉了吧，醉了吧，螃蟹，醉死，梦生吧！

## 4

我是喜欢螃蟹的，但不敢说爱。爱它，就吃掉它？——大约人类还幼稚，还虚伪，还不配说爱吧。

螃蟹分武吃、文吃。晋人毕卓云："右手持酒杯，左手持蟹螯，拍浮酒船中，便足了一生矣。"算是武吃，吃的是个快意，图的是个爽劲！蟹黄蟹膏沾了一嘴一脸，十指红红黄黄才算痛快！

不会吃的，才吃得快；会吃的，吃得慢。吃螃蟹，是个慢条斯理的细活，要文吃，急不得，急了，就不对了！讲究的，会用食蟹工具，蟹八件：锤、镦、钳、铲、匙、叉、刮、针；再讲究点儿，蟹十二件；最讲究的，蟹三十六件！那不是一场杀戮，是一场对话，心与心的交流，披肝沥胆，搜肠刮肚，坦率真诚，是人与蟹的一次漫长的私密的恋爱，含情脉脉、情意绵绵、深情款款。麻烦是麻烦了点儿，麻烦才吃得格外香，香就香在那点儿麻烦劲儿上。不能找人替！你几时见过谈恋爱找人替的？

螃蟹有内容，值得你细细品味，一丝一丝地解读。上海人买只螃蟹上车,吃到天津,还剩一条腿!吃完了,把壳儿一拼,还是个完整的蟹形,只像给螃蟹洗了个澡,清理了下卫生,把心、肺一类的脏东西统统都摘掉了。我不成,急性子,咔嚓咔嚓地连壳咬,撕了嚼,如蝗虫,囫囵吞蟹,太浪费了!螃蟹要知道是被俺吃了,一定很生气,觉得我不尊重它,不懂它的价值,会悲伤。死于高品味人之手,也算一种荣耀,才算死得其所吧!好比祢衡,死于曹操之手也就罢了,最后被黄祖小儿砍了!思之令人叹息,下泪!

## 5

我是爱螃蟹的,也喜欢吃。这让我很不安,很惭愧。我已经开始怀疑,我是不是真的爱它了。

# 食有鱼

## 1. 河豚有毒

河豚,又叫气鼓鱼,总是气鼓鼓的样子,很可笑。它是想吓唬人吗?

真可爱!

河豚有毒,所以鲜美,所以,值那一死!

有毒是没用的。——毒,倒像专为吃家保鲜用的。还惹人特意冲着它的毒去吃它。和平年代,都没有表现自己勇敢的机会。拼死吃河豚,很勇敢啊?很勇敢!好吧,很勇敢。看来,啥也不该显摆,有毒也不该。

竹外桃花三两枝,正是河豚欲上时。上来干吗?上市?找死。最晚,宋朝时就找到了解毒的法子了。严有翼的《艺苑雌黄》记载:"但用蒌蒿、荻笋、菘菜三物煮之,亦未见死者。"苏东坡大略是知道,"蒌蒿满地芦芽短"云云。人太聪明,太有才。河豚呀，要想活得久，就该远离那些聪明人。人与鱼，人与人，能相忘于江湖，是再好不过的了。

河豚，做鱼生亦佳，还有泡茶喝的。鲜！抿一口，让人半天说不出话来，也不想说。

## 2. 清蒸鳜鱼

清蒸，是对食材的尊重。鲈鱼、鳜鱼、石斑鱼……一些鲜嫩肥美的江鲜、海鲜就比较适合清蒸——这些鱼，相当于人类中的知识分子吧，清纯、清新、清高。剁块？红烧？太糟践了，也用不着。好对付得很，注意给它们留点儿体面和尊严就是了。

譬如鳜鱼。

先收拾鱼。不要盐腌，可抹以猪油，淋以黄酒。掏去肚肠，从内里敲断它的脊骨，可适当塞入自己的一些私货：少许肉、香菇，以麻油、酱油拌了。不可使外人看出来，看出来就不美了。装盘，撒以姜丝、葱丝。葱用中段，不青不白的那段。再披红挂绿，用红椒、青椒打扮打扮。青箬笠，绿蓑衣，桃花流水鳜鱼肥。漂亮吧！这样蒸下来，鱼形就饱满，有样子，有面子，也有里子，鱼也才鲜香细嫩、汤清味醇，才美！

这边水已经烧开了——清蒸得用开水。冷水是不成的，显得不热诚。上笼屉，蒸八分钟许。火候很关键，时间短，鱼不服；太久，肉就烂了、柴了，鱼骨还硬。关火，先别着急端出来，再焖几分钟。太急着出来显得不矜持，得让鱼心理上适应下，然后，请出来，撒香油、香菜，上桌，和大家见面。

"怎么样啊？感觉还好吧？"

"噢……"鳜鱼的嘴巴开着，说。

鳜鱼的眼珠，翻白，是表示不合作的意思。

## 3. 鲤鱼跳龙门

我请南方的朋友吃饭。朋友很客气，说："随便点吧，甭点鱼就是了。"我低头想了想，噢，明白了。北方没鱼，也没个会做鱼的厨师。新鲜好吃的鱼都在江南的水里游呢，它们不过北边来。北边冷，风景亦大不佳。

有例外，黄河鲤鱼，金鳞赤尾的，位列四大名鱼之首，多少给北方人找回点儿面子来。"岂其食鱼，必河之鲤。"必河之鲤！不是？就不必了。

百姓食用的是塘养鲤鱼，没多大出息的家鱼。鲤鱼跳龙门，其时，天雷轰轰，必击烧其尾。然后，若跃过去，即化龙。多数时候，多数鱼，乖乖地回去继续做鱼，并被做鱼的大厨们做了。鲤鱼多红烧、糖醋。浓油酱赤的，来掩饰自身的腥气、土味儿。

我看大厨颠瓢。瓢口不大，瓢口"很宽"。海阔凭鱼跃似的。那条被切块、红烧的鲤鱼大概有些烧迷糊了，做梦似的，很快乐地在半空中跳跃着，仿佛下面熊熊燃烧的是黄河的水，仿佛前方不远处就是龙门。大厨技术娴熟。每一跃起，那鲤鱼都像是回眸一笑，又一个鹞子翻身，回锅，依旧落入人家的掌握之中……

糖醋鲤鱼要先油炸，定型，做首尾翘起状，也表现出追求上进意欲飞越龙门的样子。

做条鲤鱼，为啥非要和龙门鬼扯在一起？百思也不得明白。

## 4. 就那么随便一煮

水煮鱼，川菜经典。多用草鱼，配以鲜红灿亮的辣椒、金钩玉肌的豆芽、芳香麻辣的川椒……讲究得很。

也有不讲究的。随随便便就那么往水里一扔，一煮，你一尝，哇，了不得，不得了，经典！

刀鱼，长江三鲜之一，明前尤佳。

"我有幸吃过一次。"岳父说着说着忽然就激动起来，2018年的我崇拜地望着还待在20世纪60年代不肯出来的他，听他语无伦次地述说他奇妙的舌尖之旅。"大饥荒啊，饿啊，你们知道啥叫饿不？你们不知道！饿呀，饿得眼睛都睁不开。清明前几天，我们地质队的四五个从山上下来，身疲力竭，饥肠辘辘，下河逮鱼。夜幕降临，于河边柳树下，起篝火，拿摔瘪了的军用饭盒当锅，江水煮江鱼，十来条，就加了把盐，那个鲜哪，眉毛都鲜掉了！我再没吃过那么好吃的鱼了！"

"没有过，从来没有过了；忘不掉，再忘不掉的！"岳父咂巴着嘴巴，还在品着60年前的刀鱼滋味儿。

"真够奢侈的！"我说，"现在哪，野生刀鱼早就绝迹江湖了。人工饲养的，也是半条半条地卖，连鱼骨头都要炸炸吃掉。你们那一顿，按现价计算，得吃了有十来万元呢。"

我有些话没说出口，说出来怕挨打：有些好滋味，需要一些苦难来成全。没有了饥饿感，再鲜美的刀鱼，也就，也就那样吧。

## 5. 鲥鱼刺少

鲥鱼，鱼之时者也。来有时，去有时，年年准时无误，故称鲥鱼。

鲥鱼性猛，游击迅速，号"混江龙"。但又最是清高、傲娇，一旦被渔夫触及鳞片，即立时不动，俯首就擒，离水便死。其自惜羽毛若此！

这都是君子的品格。"君子可以欺以其方。"被人按时捕了去，及时烹了去，趁鲜吃了去。"清明挂刀，端午品鲥。"江南人有一张吃鱼时间表：正月菜花鲈、二月刀鱼、三月鳜鱼、四月鲥鱼……不时不食。哀哉！

鲥鱼秀而略扁，似鲂而长，银鳞细骨，典雅雍容，质嫩，滋味腴美。苏东坡道："芽姜紫醋炙鲥鱼，雪碗擎来二尺余。尚有桃花春气在，此中风味胜莼鲈。"郑板桥吟："江南鲜笋趁鲥鱼，烂煮春风三月初。"——这样的赞叹，鲥鱼是听不到了。大概听到了也未必欢喜，不会引苏氏、郑氏为知己。大概它们压根儿就不想结识他们，这些名流们。

鲥鱼宜清蒸，配以芽姜、竹笋之属。食不去鳞！鲥鱼鲜美的秘密，就在于其深锁了脂肪的鳞片。蒸完上桌，晶莹剔透，羊脂玉膏淋了一身，筷子轻戳，汁水泉涌，小口一抿，脂香四溢。瞬间，醍醐灌顶！刹那，失魂落魄！灵魂一时间飞到爪哇国去也。随之又怅然，若有所失。微微有恨，可又不知恨个什么。

过去绿林好汉劫道、绑票，怎么判断谁是公子哥儿？端盘鱼上来，看你拣哪儿吃。吃鱼鳃下后方的"月牙肉"者即是。富贵人家娶妻，怎么知道新娘是否聪明贤惠，善于持家？看她如何做鲥鱼。有新媳妇一上手就三下五除二把鱼鳞先去了的，婆婆脸都绿了。媳妇窃笑，不慌不忙，又以丝线把鳞片串起，搁于鱼上。不但味道更加鲜美，而且取食方便。食毕，把鳞片用水浸，晒干，还可做花钿。婆婆赞叹不绝口，当下把管家的钥匙一并交付。会不会烹鱼、吃鱼，真是干系重大，关系到自家的身价和性命哪!

鲥鱼多刺儿。宋人彭渊材、近人张爱玲皆引以为人生大恨。我也恨,独恨鲥鱼刺儿少。刺再多些,再多些!让他们吃!让他们吃!吃死他们!

而今,河豚还是有的,刀鱼时或一见,野生的鲥鱼,已经只是江湖上的传说了。

或者还有的吧?

该有那么三条、五尾的,卷着浪花,逍遥于法外,在人的能力和思念之外,快活着、自在着。得其所哉,得其所哉!

## 东北人，东北菜

四大菜系里，粤菜不来山西。远！懒得来。鲁菜不多见。淮扬菜，我总觉得是贵族菜，老百姓吃不起。腰缠十万贯，骑鹤下扬州，下扬州干吗？吃淮扬菜去！川菜这几年大行其道，几乎要"一统江湖，千秋万代"了。——袁枚袁子才知道了，会叹气："这饮食之道，怎一个'辣'字了得？"

山西也是川菜的天下了。本帮菜得天时地利人和，也只是左支右绌，喘着剩下的一口气不肯咽下去。所以，傍晚散步时（我常常散步到很远），蓦然发现街边有数家东北菜馆红红火火地开着，心里一时诧异起来。

东北菜属家常菜，是老百姓自己的菜。不高端，没档次，很大气，不在八个菜系之内，更在"四大"之外。

印象里，第一次吃东北菜是在二十多年前。也是这样的秋季，这样的傍晚，也是散步时见一小巷里的东北菜馆。点了小鸡炖蘑菇。真是香哪！不晓得用的什么蘑菇。我前几年买了些东北滑子菇，觉得香极了！煲汤、炖菜、做面，都要加一点点，提味儿！汪曾祺极赞云南的鸡枞菌，觉得是天下至鲜，我想也不过如此了吧？是一家小店，暖暖的灯光，老板娘笑殷殷的脸，家一样的感觉。出来，我当时的女友，后来的妻，奖励一枚香吻。真是香呢！小鸡炖蘑菇。

许是想起了什么吧，妻说："好像好久没吃东北菜了吧？"
不是的。

去年春节在内蒙古还吃过一次呢。东北老百姓过年，都做乱炖、杀猪菜、猪肉炖粉条的吧？一家人围着，红红火火地吃，很有年味儿。羡慕，就和妻子到馆子里点了。杀猪菜竟然没有，说是卖完了！每天都只定量做。我们来晚了。杀猪菜最好是用东北猪肉，用荣昌猪、太湖猪、宁乡猪、金华猪四大名猪肉都不成，不地道。真怪！那大概是一家地道的东北菜馆。

我也想起，到底还没吃过杀猪菜呢。那就去吃吃吧。

去哪一家呢？这一家干干净净的，那一家人头攒动。隔窗看见第三家的女老板颇有几分姿色，便道："就这家吧。"帅不能当卡刷，漂亮可以下饭么？可以的。

老板娘不拿我们当外人，抱歉地说："你自己先拼点儿凉菜吧，可惜没剩下多少了。"我一看，一大盘一大盘的，还都有一大半！这叫剩得不多了？盘子堆了个小山回来，心里正觉得过意不去，回头看老板娘帮旁边客人拼盘，比我的山还高！妻子看着我的表情，大笑起来。

问："有杀猪菜吗？"老板娘愣了一下，迷惑地说："没杀猪菜,还敢叫东北菜馆啊!"一会儿上来,热气腾腾的,一大盆!俩人吃,三顿都够了!这还卖不卖别的菜了?能赚到钱吗?心里很为东北菜馆老板娘不平!担忧!

很好吃!汤色不大好看,味道好。东北菜,实在,不花哨。

这才有时间打量起馆子来,才发现店里有许多菜品的张贴画。霍然看见还有道"排骨压土豆"。吃了一惊!"排骨压土豆!"太直白了吧?!太赤裸裸的了。"压"是烹饪里用高压锅炖的技法。旁边再扫了一眼,哈,还"压"倒了一大片,各种"压"……东北人,就是这么爷们。

打包出来。剔着牙,打着嗝,我回味说:"不错,不错。"——老板娘也够意思啊。妻附耳问:"你知道比东北爷们还爷们的是什么人吗?"又自问自答道:"东北娘们。"

## 无肠不欢：熘肥肠

### 1

有些菜菜名花里胡哨的，尽骗人。这都是由于不自信的缘故。要么，就不是真材实料。"母子相会"？原来是黄豆拌豆芽。"绝代双骄"？原来是青辣椒炒红辣椒。"猛龙过江"？不过是一碗清汤漂根葱。"心痛的感觉"？一杯要价五十的白开水！果然名实相符。一些实在、有料的菜不这么来，譬如，熘肥肠！

熘肥肠不用炒作自己。坦荡荡地，敞亮亮地，"啪"一声，一盘子摔在桌面上。我就是熘肥肠！爱吃吃，不爱吃，走人！

但有些别名例外，不是有意欺瞒。葫芦头，是肥肠泡馍，让人想起那个温馨的传说；叉烧扳指，扳指，切片肥肠也，多形象！

## 2

肥肠好吃，不好听。

不好听，是因为人都有想象力，联想了不该联想的。——人大概都有点儿自虐的神经劲儿。

吃鸡蛋，你会追究它的出处么？雪蛤其实是癞蛤蟆的输卵管，你还丰胸不丰胸了？我们吃肉，其实都是在吃动物的尸体。

恶心？真是的，矫情。人就这么矫情、虚伪。不虚伪，不矫情，都不是人。

世界从来就不存在。它的本来面目，都是你想象出来的。

当然，该做的前期清理工作必须到位。陕西葫芦头，肠要过十二道程序：授，捋，刮，翻，摘，回，再授，漂，再捋，又捋，煮，晾，污腥油腻尽脱。漂洗时，可用食醋加明矾，或者淘米水等，反复揉搓！

放心地，大快朵颐吧！各位。

## 3

外国人不懂吃，不晓得吃内脏和头尾的好——别提醒他们这一点。

我不同,最爱这些筋头巴脑杂碎一类,尤其好吃熘肥肠!姜蒜料酒之外,最好配点儿葱头,青、红辣椒,不但除腥、降脂,还添色增香!红红白白绿绿的,让人胃口大开,垂涎三千丈。干煸、焦熘也好!满口流油香腻腻之外,再加点儿焦香、爽脆。好比你在燕瘦环肥偎红依翠柔情蜜意粉腻云浓之中,家仆给你递过来一幅岁寒三友图,瞬间,境界大开啊,这格调也就上升了一个层次。

## 4

爱吃肥肠的人,会不会是享乐主义者?一定是性情中人。喜欢吃,就是喜欢吃,不管旁人怎么看、怎么说。什么联想,也都是浮云。我且吃了它先!爽一口再说。

我有一个闺密,也好这一口。有次请她吃饭,她一边恶狠狠地咀嚼着,一边噘起她油汪汪的嘴唇,嘟囔着、诅咒着:"我为他……他竟然……"咬牙切齿的,仿佛吃的不是肥肠。我一面惊异,一面无比崇敬地望着她,深深地膜拜了。我现在一边打字,一边仍能看到她恶狠狠吃熘肥肠的样子,觉得这都是爱的证据。

# 黄豆　猪脚　汤

## 1. 黄豆

黄豆即大豆，古名"菽"，黍稷麦稻菽，五谷之一。中国人吃了好几千年，好吃！后来传到国外，被外国人吃，也好（去声）吃！

黄豆年轻的时候叫毛豆。因为豆荚毛茸茸的，青翠可爱的。以精盐，加花椒大料桂皮煮之，浸泡六小时，味道好极了！富含卵磷脂，孩子吃了，益智！有多种有益活性成分，女孩吃了，养颜！营养丰富，植物肉。妻子总得意扬扬地引诱我吃，说："四颗毛豆，就相当于一颗鸡蛋哦！"问："谁说的？"答，她妈。见岳母，问，谁传的，答，她姥姥。我没继续探究下去，怕一直追溯到原始社会。总之，听老人的话，是没错的。你看人家我老婆，爱吃毛豆，那皮肤，啧啧！你再看看我，不爱吃毛豆，所以，唉——长得有些着急。

长大了，毛豆就成了大豆，又圆又滑又硬，外黄里白。——上了年纪,都会染黄的吧?!其实内里,也许还是纯洁的白。不像年轻时那么好对付了。要吃到嘴里,需要下些功夫,费些工夫了:得加些时光之水泡泡,加爱情的醋汁调调,或者用苦难这豆浆机榨榨,用坎坷这石磨磨磨了。

榨豆浆、磨豆腐……之外,蜜黄豆、醋汁黄豆、香卤黄豆……之外,黄豆炖猪脚,是个不错的选择。

## 2. 猪蹄

猪蹄又叫猪脚,常被错叫成猪手。猪手?这算啥说法?!

动物,运动多的部位都好吃。凤爪、鸭脖、鱼划水、鹅掌及猪脚……像鹅掌,有讲究点的食客,还只吃左鹅掌,说是鹅主要靠左脚掌支撑。像猪脚,为了吃到令人满意的猪脚,人们格外关心起猪的健康。大概也因为与猪朝夕相处,有了亲情吧。养猪的,常督促猪锻炼身体,顺便培养猪脚。

猪脚性平,味甘咸,富含胶原蛋白,可补水,可防骨质疏松,可美白肌肤,延缓皮肤衰老,且所含氨酸一类,与熊掌不相上下也。要我说:"熊掌,我所欲也;猪脚,亦我所欲也;二者不可得兼,舍熊掌而取猪脚也。"你看人家美女沙沙,就爱捧个猪脚啃,那肌肤,啧啧;你再看看我,唉——

吃猪脚,宜趁热,宜囫囵啃,不得切开,重在过程。与猪脚斗,其乐无穷。你两手捧着一只猪脚,左撕右咬,远远看去,像是在和猪脚交头接耳,这样子才对。像在吹笙、吹埙、吹口琴、吹小号……乐在其中!个中妙处难与人说。

猪脚可烧、可卤、可炖,尤宜与黄豆炖汤。

### 3. 黄豆猪脚汤

把黄豆与猪脚配伍炖汤,天才!君臣佐使,相得益彰,好处多多:丰胸、美肤、养颜、瘦身、益智、降脂、强骨、催乳……尤其适合孕期妇女食用。

这道菜是沙沙女皇钦点的,真适合她。

我吃过黄豆、啃过猪脚、喝过汤,可独独没尝过黄豆猪脚汤。不敢尝,怕下奶!"沙皇"不怕,爱吃,常吃。"沙皇"品性微黄,但肤如凝脂;身材圆润,但仔细地看,反复地看,想象着看,还是能看出玲珑曲线的;脚小,但有力,肥厚,如有肉垫;擅长踢人,边踢边哼哼:"我送你送到,千里之外……"善奔走,一路从陕西奔上海奔北京奔到了东北。这些当然未必都与她爱吃黄豆猪脚汤有关系。

好吧,不说了,女皇饿了,上菜。

"黄豆猪脚汤来喽——"

(沙沙,"东北爷们",网络人称"沙皇"。以上由她命题,俺戏笔为之。)

# 包 子

包子都是男性，长得比较混沌、朴实，有内涵，不张扬。所以人们愿意给他们的面部加几道褶子，平添几分妩媚和说服力。有褶子的包子比较吃香，也像老男人。天津狗不理包子有18道褶子，河南开封的灌汤小笼包有32道。可谁吃包子数褶子啊？包子有肉不在褶子上。

要知道包子的滋味，就必须亲自咬一口。但有些包子是不能先尝后买的。土包子就是，草包也是。

所以很多婚姻就不幸了。

你总觉得肉馅会在后面呢。——吃一口，没馅儿；吃两口，嗨，已经过去了。到后来，很可能包子只是馒头。南方就把包子叫肉馒头。

生活就是这么回事。原来，这只包子是馒头啊！可为时晚矣。

山陕一代有种面食叫烧卖。烧卖是包子开了花，是穿着百褶花裙的包子，是女包子，包子的情人。包子有没有老婆呢？不知道，没听说过。

各地都能见到包子的孩子：饺子。

# 粽　子

## 1

端午节到了,我有一些秘密的欢喜。

喜欢包粽子。泡苇叶,洗箬叶,像是为新生儿准备新衣!把雪白的糯米与红枣放入,也有着把稚嫩的婴儿放入襁褓时的温情与仔细。细细地包裹,层层的爱意。包粽子时,我们重做父母——看着一个个玲珑娇小的粽子摆放在蒸笼里犹如把孩子摆放在摇篮里,爱意瞬间充溢胸间。

喜欢给粽子宽衣、解带。慢条斯理地,不疾不徐地,按捺着心头的喜悦,看她如雪的肌肤、如玉的温润,如少妇一般的柔情与秀色,一点点儿地呈现,呈现于我们渴望的眼。

然后是一场爱的屠杀,一场赤裸裸的情爱的盛筵:"五月端午是我生辰到,身穿着一领绿罗袄,小脚儿裹得尖尖跷。解开香罗带,剥得赤条条,插上一根梢儿也,把奴浑身上下来咬。"

解,剥,插,咬——老百姓的粽子是情色的粽子。

## 2

粽子节是到了,可我一点儿胃口都没有。现在的粽子吧,包裹了太多的文化和别的肮脏的东西,不好吃了。

太味儿了。

假油酸臭的味儿。说是为纪念战国时期爱国诗人屈原的。骗人!风马牛不相及的事儿。——春秋时粽子就出现了,用菰叶(茭白叶)包了黍米,裹成角状,称"角黍"。君主们其实打心眼儿里烦那些诗人、思想家们,又不好说啥,便编个屈原的故事鼓励他们前仆后继去投江。但百姓们心里门儿清着呢,明镜似的。不让他们说,他们就默默地一代一代包粽子,暗示那段被涂抹被掩盖的历史真相——屈原并非自杀,是被活生生捆绑了扔进水里害死的。

文化什么的,太讨厌了;政治什么的,就更腌臜了——

这些都惹我伤心,或者恶心,害我吃不好粽子。我想吃那种不那么官方的粽子,不那么正气、正经的粽子,我想吃那种没文化的粽子。

铜臭味儿。太多的包装与炒作。商人是为了多卖些铜钿。——我想吃不用花钱买的粽子,我想吃妈妈包的粽子。

妈妈的粽子也许不好看,甚至不好吃,可它是那种少有的不好看也好看、不好吃也想吃的粽子呀。有些中年人或者已经再也吃不到妈妈包的粽子了。端午时,他一定很悲伤:胡乱嚼着买来的粽子,眼泪就扑簌簌地止不住流下来了。

我想吃原生态的粽子。情色的粽子就蛮好的!活色生香的。

我想把粽子只当粽子吃。

## 那碗阳春面

### 1

我一辈子走过许多地方的路,看过许多形状的云,喝过许多种类的酒,爱过许多正当年龄的人,却只在最合适的时候吃过一碗最地道的阳春面。

自从那时,吃了那碗,此前吃过的就从此不再被回忆,此后吃过的就从此不再被承认。恩,吃的,那都不是面了。

一碗地地道道的阳春面,是简简单单的阳春面,是阳春面本来的样子,应该是的样子。

### 2

我一生阅面无数。四川担担面乏善可陈,那吃的不是面,是调料;北京炸酱面,浓油酱赤的,太重口;武汉热干面,干巴巴的,黏糊、腻歪;陕西油泼面充满刺激与欲望;山西刀削面，过于炫技。面，都是好面，只是不如这碗吧。

就算是一碗面，也必须有所拒绝，有所选择，才能成为一碗纯粹的面，一碗简简单单的面吧。

就像开水白菜。

川菜名品开水白菜，据说，是一代名厨黄敬临所创。这黄敬临不简单，喜诗文，工书法，善对联，好古董，治十三经，爱交游，曾供职光禄寺，被赏四品顶戴，后辞民国县知事，不肯为军阀门下走狗，专心烹饪，自封"锅边镇守使"，加封"煨炖将军"，开宗立派，创"姑姑筵"，名噪一时。当年蒋介石吃后倍加赞赏，令黄次日再来几桌，黄当即拒绝："订席的规矩是三日预约，本厨要休息，恕难办理。"且，不管黄敬临会否就座，席上都必须为其预留位置。

斯人也，而有斯菜品也。

这开水白菜名为"开水"，实为最高档的上汤：用母鸡、母鸭、云腿、干贝、肘子等上料吊汤，汤色清亮如水，素雅爽利，鲜香可口，不淡不薄，不油不腻，需两锅两火，熬制数小时以上，再以鸡肉茸吸去汤中杂质，撇去不用，如此反复数次，方能大功告成。

英雄一世，到老归厨。黄敬临熬呀熬呀，把一生的沧桑、趣味、文采、感悟都熬了进去，再淡淡地端出。——什么味儿？开水味儿！丰富而单纯，清淡又醇厚，是黄敬临自己的人生的味道。允许你尝出来，不让你说出来的味道。

那碗阳春面，就该是这样的开水煮出来的。

## 3

"你用什么做出来的？这么可口？！"

"用爱！"

"那你用什么做爱？"

"用食物。"

这一段是我猜出来的。不是用爱，怎么做得这么让人爱呢？像雨后的春韭，有少女的情怀、处子的清香，单纯，而又阳光，让人忍不住想到初恋。这碗面，又是见过世面的面、骄傲的面、淡定从容的面。经历过春夏秋冬，把春之清新、夏之绚烂、秋之萧索、冬之洁净都熬了进去，有成熟少妇的风韵与雅致。你加醋它不会更酸，你加盐它不会更咸，你加水它不会更淡，黄连不会使它苦，砒霜不会使它有毒。

面条呢，也只是普普通通的家常面条，不是柳叶，不是菱花，不是刀削，不是猫耳朵……不要这些小花样儿。它，仅仅是面条而已，朴朴素素，平平淡淡，随意地或卧或立在碗里，不急不躁，不慌不忙。"嗯，我就是这个样子的。"只在汤面上，撒几星葱花，漂几叶香菜，仿佛乡间农妇从田里归来路边随意簪在发髻的几朵野花儿。

## 4

　　那一天下班,路过,信步走进了那家面馆。娇俏的女服务员端上那碗面时,我立时就惊呆了。这,也叫惊艳吧?闻了好久,看了好久,不忍下嘴了好久。

　　我那时年轻,以为家门口的店,面,随时可以去吃的。几个月后,拆迁,再经过时,已经望而兴叹,徒唤奈何了。

　　也好,也好。消失了,从此成记忆。回忆中的,更好,任谁也夺不走了。

　　那是我吃过的唯一的一碗面了。

## 麦子里有白面

有一位铁匠师傅，技术炉火纯青，远近闻名。有一位徒弟，就慕名而来，一直跟了这师傅二十多年，师傅却从来没教给他什么。眼看着师傅一天老似一天，不免有些焦躁。终于，这一天，病榻上气息奄奄的师傅招手让他过去，深情地说："辛苦跟我数十载，来，附耳过来，我告你不传的打铁秘籍。"那徒弟殷殷地俯身过去，师傅用微弱的气息吐出了四字真言："热铁莫摸。"——这师傅，太可恶了，忽悠人！

有人问圆澄岩禅师："大藏经里有什么奥秘啊？"他答："只怕你不信。"那人问："到底是什么？"禅师说："黑的是墨，黄的是纸。"地藏守恩禅师有次说："你们所知道的，老僧已尽知；老僧知道的，你们却不知。所以，我今日难免布施真理给你们。"沉默良久，他开口道："头上是天，脚下是地。"又道："老僧今天略通一线消息，莫要狐疑：麦子里有白面。"——这些禅师，太无聊了，净忽悠人。

师傅没忽悠，禅师没忽悠。只是我们不懂：真理是废话，真的是废话。而且，只能是废话。废话是真理的本质。另外，真理也不是唯一的哦！因为，废话有一万种。

好吧，就算不是废话，那也是自相矛盾的：一面说"善有善报，恶有恶报"，一面又说"人善被人欺，马善被人骑"；一面说"知无不言，言无不尽"，一面又说"沉默是金，祸从口出"；一面说"金钱不是万能的"，一面又说"有钱能使鬼推磨"；一面说"宁为玉碎，不为瓦全"，一面又说"留得青山在，不怕没柴烧"；一面说"笨鸟先飞"，一面又说"枪打出头鸟"。哪句真？哪句假？都真，都假！这不啥也没说嘛！嗯，啥也没说——还是废话。

作为废话的真理无用，无用而有大用。对于一个人的生活来说，晓得"麦子里有白面"，牢记"热铁莫摸"，就足够了！嗯，足够了，足够了。

不要追求"真理"，更不要为了"真理"献身。因为，你不知道它到底是不是真理。那些貌似真理的，有用的，光艳万丈到吓人的，都是骗人的。"真理"，有时比谬误更可怕。真理啊，有多少罪恶假汝之名以行。人们被骗了几千年。我也被骗了四十年。四十年后，我终于发现了这个惊天大秘密。当赤裸裸的真理还在勾鞋跟的时候，谎言已经穿上它的衣衫跑遍了全城。我们看见的，都不是。是的，我们还认不得。认得的，我们都不当真。

真的呢，麦子里有白面。

# 说几句关于酒的醉话

## 1

有人的地方,就有江湖;有江湖的地方就有故事。故事哪有不伤悲的?悲伤了怎么办?喝酒!——这样子,有人的地方也便有了酒。

酒是好东西。有生皆苦,无酒不欢。

有酒徒年终小结:存在问题:好喝酒;发生原因:酒好喝,喝酒好;整改方向:喝好酒。

酒可解忧,可消乏,可解渴,可释怨,可助兴,可壮胆,可催眠……是生也喝(满月酒),死也喝(上坟酒),迎也喝(接风酒),送也喝(洗尘酒),喜也喝(喜酒、寿酒、庆功酒),悲也喝(清明酒、壮别酒),"百年三万六千日,一日须倾三百杯",日日是好日;官场商场情场战场,场场皆酒场。然则何时不饮耶?醉后。——端不起酒杯了。

酒是好东西啊,因为酒让人醉。"放债图利,喝酒图醉。"

醉，是酒的利息。这利好啊。世人有讨厌酒味的，没听说有不喜欢醉的。醉的感觉，蛮好！喝酒不就图个醉么？"酒犹兵也，兵可千日而不用，不可一日而不备；酒可千日而不饮，不可一饮而不醉。"——大约人做个啥总要图个啥，不图一醉的，你倒要千万小心了。

再说了，醉，也是对酒最起码的尊重。

醉，分两类：微醺；烂醉。我警惕不醉者——虽说也替他们悲哀。一个人，一辈子，总该酩酊大醉一回吧？醉不了，到底也是件抱憾终身的事儿，会惹我这样的伪酒鬼同情他们好久。我钦佩微醺者，"花看半开，酒饮微醺。"这样的人，是懂生活的人。你可以和他们谈人生，论艺术。我喜欢烂醉如泥者。你可以和他们论家国，聊社会。性情中人哪。我常常笑吟吟地看着这些醉醺醺的、笑嘻嘻的酒鬼们，听他们从甜言蜜语豪言壮语胡言乱语自言自语直到不言不语。醉后三种表现：沉睡、哭泣、叫骂。——也有唱曲子的，对酒当歌嘛。

酣睡，算文醉。可怜的人唉。步步小心，处处设防。"生怕闲愁暗恨，多少事，欲说还休。"说不得也么哥，只好闷头睡去。他们想用闷酒闷睡的办法闷死淹死那些寂寞孤独艰辛冷。可酒只是水，忧愁却是鸭子。

哭泣，叫骂，都算武醉。"不如意事常八九，可与人言无二三。"不如意时？常把酒！"把酒酹滔滔，'泪'潮逐浪高"。哭吧，哭吧，别怕醉。叫骂就多少有些丑了，但并不可怕：醉酒的人口吐芬芳，可舌头打着结；酒醉的人总想打人，可脚下踉跄着。人多厌恶，我则只有怜悯乃至怜爱。凡人不得其生，才奢望醉死罢。也可见其人之真诚真相真面目也，大不了是真小人。不比闷头吃酒憋一肚子坏水的伪君子，步步挖坑，处处设局。醒时醉言语，多谎话、空话、套话。醉时醒言语，反容易吐露几句实话、情话、发自肺腑的话。（酒后吐真言，偶尔还飙出几句箴言来。）——哪怕只是一时的：说者有一时的真诚，听者也有一时的感动。醒来，大家心照不宣，都不当真的。另有一些人，简直可爱极了，不但胡说，还胡认："您老高寿？我39码的脚。喔，你41啊，脚长为兄，是吧，爹。"这是胡闹，不算胡来。人们总是更容易原谅两种人：死人、醉人。醉也是死啊：梦死也，半死也，假死也。原谅他们吧，阿门。

## 2

酒是好东西啊，因为能让人醉。醉是好事儿哎，因为能让人……

嗨，能啥能，啥也不能了。好事儿，坏事儿，都干不了了。扒拉都扒拉不起来了。嘿嘿。你最好只是装醉。

借酒壮胆，多少说出了一些关于酒的秘密。酒壮怂人胆嘛。——是人，多少都有些怂，或者多少都有怂的时候吧？所谓好汉，是怂货在不该怂的时候硬生生强撑起脊梁挺身而出的意思。"无三不过望"，才有了景阳冈武松打虎，快活林二郎打神（蒋门神）。几杯白酒下肚，孬种变英雄，丑男变帅哥，穷酸变富贵，抠搜变大度。一些平时不敢说不便说不能说的，都借着酒劲儿一气儿说出来了。尤宜表白。脸红？那是酒上脸了。哈哈，有诗为证："三杯竹叶穿心过，两朵桃花脸上来。"

仗酒盖脸，借酒撒疯，说出了关于酒的另一些秘密。喝了酒，"我"就不是我了，人就不是人了。原形毕露，然后，险象环生。阮籍借酒避祸，酣醉六十天，可怜；灌夫使酒骂座，被诛，他不冤；郑子明招谁惹谁了？赵匡胤一句"寡人酒醉将你斩"，就交代了。意思是莫怪我无情，别怪我无义，都是酒香惹的祸。呵呵。

酒是色媒人？酒不醉人人自醉，色不迷人人自迷。这叫以酒为名。酒到心头，春满人间。三杯两盏淡酒后，春天就来了，空气中弥漫着荷尔蒙。男人像男性了，女性更女人了。遇到中意的，半杯就倒了；碰上丑穷的，千杯不醉。"男人不喝醉，女人没小费；女人不喝醉，男人没机会；男女不喝醉，宾馆没人睡。"男女都喝醉？咳咳，"咿，请问，您哪位？"

"酒肉的朋友"，又泄漏酒的另一特性。让人想起骨头：

狗在骨头上聚会。有酒有肉有狗友，落难何曾见一人？所以我喜欢"柴米的夫妻"。你会责怪我重色轻友么？

"醉翁之意不在酒"，道出了酒的终极秘密。意在哪儿呢？权，钱，色，利益交换耳。人家总说要研究研究，你就该递烟送酒了。"世路难行钱做马，愁城欲破酒为军。"翁："醉翁之意不在酒。"女："醉酒之意不在翁。"女父："醉酒之翁不在意。"

酒是清白的。清酒、白酒尤其清白。"非干病酒，不是悲秋"，只因贪欲、利欲、权欲、色欲耳。可，酒，就是倒进黄河也洗不清。唉，唉……

## 3

人吧，能活着且活着吧，能一时快活就快活一时吧。满足了无聊，不满时痛苦。人生如钟摆，在痛苦与无聊间摆啊荡啊漾啊浪啊。能欢乐一辈子么？可以的。——如果能清心寡欲，损之又损，以至于无欲的话。——至少，你的能力要匹配你的欲望。不能快活？不如速死。最浪漫、最有意义、最美的死法有二：醉死；情死。

日本人说中国是没有酒醉和情死之国。此言差矣。你别说话，你先看看，这些个杯、壶、觚、盅、爵、尊、角、盏、彝、缶、斝、卣……金的、银的、玉的、锡的、陶的、瓷的、竹的、木的……挹酒器、斟灌器、饮酒器、储酒器、温酒器、冰酒器、娱酒器……你再说话！你翻翻历史：尧千钟，建太平；孔百觚，称文圣；酒池肉林，夏桀、商纣亡国；醉斩白蛇，汉高祖奠定强汉盛世基业；解忧杜康，魏武帝沉埋赤壁半江舰船；曹操煮酒论英雄；关公温酒斩华雄；宋太祖，杯酒释兵权，觥筹交错间，铲除藩镇割据混战顽疾……一部廿四史，半是血水半酒水呵。你且说说看！你再好好学学文化：梁园雅集、金谷宴会、竹林游乐、兰亭流觞……祢衡击鼓狂骂，颠张醉素草书；葛巾漉酒，五柳先生悠然采菊东篱下；临流赋诗，东坡居士"酒气拂拂指间出"；更别提"御手调羹，龙巾拭吐，贵妃捧砚，力士脱靴""天子呼来不下船"的李太白了……千载文艺史，半是泪滴半酒味。仅仅把这些酒的传奇、醉的诗句堆放一起，拧一把，掐一下，嗅一鼻子，你便要醺醺然有三分酒意了。你还有话要说么？

没有情死之人？王戎丧子，悲不自胜，几欲自尽，"圣人忘情，最下不及情。情之所钟，正在我辈"。王长史登茅山，恸哭曰："琅琊王伯舆，终当为情死。"尾生抱柱，黛玉焚稿，非情死而何？只是传说、小说？真没有？

没有酒醉、醉死之士？不说酒龙蔡伯喈，酒虎谢灵运，醉翁欧阳修，醉吟先生白乐天，"百岁光阴半归酒"的陆游，"且尽生前有限杯"的杜甫，"死便埋我"的醉星刘伶，不提"醉卧沙场君莫笑"的王翰——流露出一份人死的绝望，李贺"酒不到刘伶坟上土"——透露出一份人生的无奈，就说说酒仙李白吧："游采石江中，傲然自得，旁若无人，因醉，入水中捉月而死。"酒醉捞月，终于醉成了一个醉人的传说，醉人的梦，一个不死的永恒。如今，他还活在酒里，还以为自己没死呢，真可谓"醉里乾坤大，'湖'中日月长"。

## 4

喝酒，喝的是气氛，讲究的是情调。

与时光有染。陈眉公《小窗幽记》："春饮宜庭，夏饮宜郊，秋饮宜舟，冬饮宜室，夜饮宜月。"

和酒友相关。"酒逢知己千杯少。"话不投机怎么办？今人尚可假装低头玩手机，古时就只好无语仰面大口喝了。人家不尴尬，尴尬的就是自己了。知音难觅啊。所以白居易才悄声探问刘十九："晚来天欲雪，能饮一杯无？"有多少酒棍喝酒，等了一辈子，为伊消得人憔悴，只为等到那个会劝自己戒掉的人；有多少不喝酒的，盼了一生，踮脚望断天涯路，只为盼到有位能与自己陶然共醉的人哪。难，难，难。莫，莫，莫。罢了，罢了，罢了吧。

情调，约等于调情。最喜是美女侑酒，"风吹柳花满店香，吴姬压酒唤客尝"，这酒你喝不喝？酒量大小端看心情的淳于髡说得直白、透彻、无耻："若……男女杂坐……握手无罚，目眙不禁，前有堕珥，后有遗簪……履舄交错，杯盘狼藉，堂上烛灭……罗襦襟解，微闻芗泽，当此之时，髡心最欢，能饮一石。"醒掌天下权，醉卧美人膝，是多少男人的梦想呐。

最怕有领导上座。酒品是人品，酒力是能力，酒胆是人胆。你战战栗栗，如芒在背，汗出如浆，他笑言哑哑，暗暗观察，一边悄悄点头，一边默默摇头……领导的看法，好比"宪法"。谈笑间，你的命运就这么着被人家瞧定或者说敲定了。"够你喝一壶的了。"你怕不怕？这酒，你还喝不喝了？

## 5

少年情热，宜冷饮；中年闷骚，宜酒浇；老年淡泊，宜瀹茗。酒是浪漫主义。茶是浪漫的现实主义。冷饮什么主义也不是，就仨字：找刺激。

少年不解饮，却一味地狂歌豪饮。酒只一味：乐；失恋了？哪也不懂酒，酒只一味：苦。少年不识愁滋味，为赋新诗强灌酒。——青春是不停地告别，又不停地相逢。中老年就不成了，是不停地告别，告别，不告而别……中年人哪，扶老携幼，欲醉还休。最想醉的，恰恰是最不敢醉的人。"昨夜松边醉倒，问松我醉何如？只疑松动要来扶，以手推松曰：

'去!'"现在得加一句了:"快去,别管我,去扶我那衰朽的爹娘,去扶我那稚幼的儿郎。"人生百感交集,酒中百样滋味——不是滋味的各种滋味。个中滋味,如鱼饮酒,不足为外人道也。

少年喝酒是因为快乐,中年喝酒是为了快乐起来。少年醉酒青楼上,红烛昏罗帐;中年酒醉客舟中,听夜半钟声,听秋雨打篷,点点滴滴到天明。

少年喝酒只是闹,"闹他!"中年喝酒多是闷,枯坐独酌,或聚众轰饮。就算看上去闹嚷嚷,那也只是闷。是一群人狂欢掩映下的一个人的孤独。欢乐是他们的,咱什么也没有。

就这么着,渐渐挨至老境。"把酒非谋醉,看书不厌忘。睡酣云夜短,步缓任街长。"人淡如菊,也就慢慢地把酒换作了茶。"茶能醉人何必酒,书能香我不须花。"——一个人什么时候就长大啦?想喝酒时。啥时候就老了呢?酒换成茶。

## 6

人在茶酒上分野。茶和酒,代表着两种不同的人生哲学。好酒者多不好茶,好茶者多不好酒。若问我:"你是个什么样的人呐?"我必曰:"一个没酒肠但有酒胆,有酒品但不拼酒,不好酒,但好看人喝酒的人吧;一个喜欢在酒友浓浓的醉意中啜饮几口淡淡的茶香，悄然睡去，安然老去的人吧。"

醒，睡，醉，死，是生命存在的四种形态。人生宜醒？宜醉？宜醒时醒，醉时醉耳。醒时做事，为人；醉时，为己，做自己。半梦半醉半醒？也是可以的。最好别半死。

凡人，都是平凡的人。时时处处柴米油盐酱醋茶，哪来那么多琴棋书画诗酒花。——那也要带几分诗情酒意来生活呀。醉眼蒙眬看世界，不似人世，换了人间："醉把茱萸仔细看"，多美！"醉里挑灯看剑"，多帅！"醉后不知天在水，满船清梦压星河"，多妙呀！

不说了。我要小酌几杯了……我醉也……我醉欲眠……卿且，且，且去……明朝有，有意……抱……抱……抱酒，酒来……来，来，来！干杯！Cheers！

# 茶

## 1．茶与酒

大体，嗜茶，还是好酒，可以看出人的分野。

酒香，茶淡；酒浓，茶淡；酒热烈，茶淡；酒妖艳，茶淡……

呃，你呢？我"两袒"，都爱。

这样也可以？可以的。

江湖夜雨，桃李春风，我邀妻子共饮一杯酒；风轻云淡，草色遥看，我敬世界一杯茶。

或许，还是爱茶多些吧。应该是的，是这样的。

且说说茶。

## 2．佳茗与佳人

茶分六类：绿、青、黄、白、红与黑。粗略言之尔。

从来佳茗似佳人。

绿茶是情窦初开的少女。不发酵，尚未经历过人世沧桑的洗礼，饮来，清新，可人，沁人心脾，有淡淡苦涩味。苦后有回甘，仿佛老年时回忆初恋。

最宜是，清明谷雨之节，朝阳初生之时，由三三两两豆蔻少女，歌《窈窕》之章，诵《芣苢》之诗，欢快地跳着、舞着，纤纤素手在茶丛间如芭蕾般轻盈地舞蹈着，采之！"采采芣苢，薄言采之。采采芣苢，薄言有之。采采芣苢，薄言掇之。采采芣苢，薄言捋之……"筐里盛不下了怎么办？有办法。像碧螺春，据说就是用纸包了，放在少女椒乳初发的胸前。自然烘干外，还沾濡了处子的体香、乳香。碧螺春，原名"吓煞人香"。羡煞人香，迷煞人香啊。

这香，与雪茄的不同。雪茄的香，是性感的香！丘吉尔雪茄不离手，为嘛？据说，是因为他看到丰腴的美女在雪白的大腿上滚搓粗长的雪茄，有太多的情欲在里面了。

绿茶，两泡、三泡可也。红茶、乌龙、黑茶，就得四泡、五泡，才渐入佳境了，乃至七泡、八泡！这些前发酵、后发酵、全发酵的，可是经过各种揉、搓、蒸、炒、晾、晒、烘、焙的，是熟谙风情的美少妇了。不下些细磨的功夫，不用滚烫的沸水，不用些西门庆泡潘金莲的手段，你都打不开她们，体味不到她们的好，各种好！一旦解锁，如入温柔乡、富贵乡、黑甜乡矣。暖香氤氲，乐不思蜀，个中之妙，又不足为外人道也。

### 3．茶水情歌

世间最美的相遇，该是茶与水的邂逅了吧。

一见倾情，只是，不是天雷勾地火，不是烈火遇干柴，不是相爱复相杀，是相互激发、相互理解、相互包容、相互成就。

相爱总是容易，相处总是很难。难么？不难，像泡茶一样好了。

到最后，茶也是水，水也是茶了。

终了，两个人，像是杯底的茶叶，安详地待在地底下。清、静、和、寂……

# 茶　道

## 1．好的茶具

好的茶具都是低调的、温和的、谦逊的。

不要！不要！不要粘贴一些文化在壶壁上。那样，显得你好没文化。

刻五个字在上面？"可以清心也"，都会被多事的人看出来，洋洋自得地解读："以清心也可，清心也可以，心也可以清，也可以清心！"——多聒噪，多张扬，太炫耀，这是多不自信哪。

壶以无字为佳。

好的茶具设计都是体贴入微的，爱意满满，处处匠心独运。壶嘴、壶口，壶把持平，谁也不曾高，谁也不曾低。茶托托着茶杯，茶杯盖着茶盖，天地人三才，严丝合缝，浑然一体，默契通灵。杯沿呢，略宽些，怕你烫着；杯体呢，略高些，显得和谐！

想起当年来了。我和老婆初次约会,她问我:"你大体多高呀?"说是高了她好穿高跟配我,低了她好穿平底陪我。——当然,我们这算是破锅自有破锅盖了。

## 2．茶具,道具也

茶具,道具尔,道之具也。得意可以忘形,得鱼可以忘筌。何必供春?何必时大彬?不必顾景舟。

茶道的意思是说,我们要相爱呀!物与物之间,物与人之间,人与人之间,要相爱呀,要相互体贴呀。有爱的话,啥茶不是好茶?有爱的话,何器非名器?!

哲宗朝,苏东坡贬谪杭州。忽一日,一中使偷偷凑过来,告诉苏轼:"我当时辞帝离京时,皇上道:'你先辞别了娘娘,再偷偷过来。'我再过来时,被陛下引到一柜旁,取出一御笔题封的袋子来,说:'赐予苏轼,莫令他人知。'"什么呀?一斤茶叶。什么茶?密云龙。就算不是密云龙,一些茶渣茶末子,也能喝出密云龙的味道啊。

苏轼大概当时就哭了。

——有时,我们要的,不是茶,是爱,独一份的那种爱吧。小时候,发小李大嘴偷偷塞给俺一毛钱两个的米花糖,让我感念至今不能忘。

贾宝玉枉为情痴,不解风情。栊翠庵茶品梅花雪,妙玉给宝钗的是瓟斝、给黛玉的是点犀,却把自己日常吃茶的绿玉斗拿来斟与宝玉。宝玉呆子,竟不懂,反羡慕宝黛的古玩珍奇。宝哥哥哎,你的意淫功夫哪里去了?这不是邀你接吻么?想一想,你也该醉了。

给贾母的是成窑五彩小盖钟。贵么?贵!贵么?不贵!能用钱买到的,就不贵。只因被刘姥姥沾了沾唇,就愣是被舍弃不要了。

## 3. 吃你的饭去

老舍说,饮茶讲究个"幽、清、畅、随"。什么呀,什么呀!门都没入,还瞎说一气。胆儿挺大呀。

唉,不怪老舍。怪不得!三代贵族,才懂得穿衣吃茶。

茶道在日本。千利休云:清、敬、和、寂。

我愿加一字:"静!"

然后,做减法!再减去五个字:"清、敬、静、和、寂。"

大道至简,茶道至简。一减再减,以至于无为。道法自然,平常心是。不知有道,方算得道。懂茶道的人不讲究。不懂的,才这呀那呀的,乱讲究,穷讲究。懂茶道的人,啜饮一口,什么也不说。顾不上说啊!也不会说,不想说,不必说,懒得说。不懂的人才爱瞎叨叨。

有僧到赵州从谂禅师处，师问："新近曾到此间么？"曰："曾到。"师曰："吃茶去。"又问另一僧人，僧曰："不曾到。"师曰："吃茶去。"后院主问曰："为甚么曾到也云吃茶去，不曾到也云吃茶去？"师召院主，主应诺。师曰："吃茶去。"

茶道，与茶无关。你问我与啥有关？闭嘴！你想多了！

"去，吃你的饭去！"

# 早　课

打水砍柴，无非妙道，行走坐卧，皆是道场。修行，不必在山林里，更无须日日诵经也。想那样日子，何等无趣呵！是未入门时行径。

晨起洗漱，对盆忽出神。片刻醒转，一笑。随手击碎水中的自己，看自己的脸在水中荡漾着，扭曲着，摇晃如流年碎影，如梦影。"微波喜摇人"哈，摇自由它摇，池边我站定。

池边我站定，静静里，不急，不忙，我等待。是休息，也是修行：看水中自己的脸慢慢地拼接起来，平静下来，清晰地映出来。浮出了水面，又似乎安安稳稳地沉在水底，镇定而从容。

心未动，水初静，池中风波停。

早课毕。

吃茶去也。

# 人生的盛宴

我猜，人们误解了来这个世上走一遭的意义。他们说，人活着，是为了征服：征服他人、征服自然、征服世界、征服命运……"我来了，我看到了，我征服了！"恺撒这傻瓜说。"Veni！ Vidi！ Vici！"

余也愚鲁。不是英雄，我是人间饕餮客。在我眼里，人生是一场免费的盛宴，有清风、细雨、江湖、夏花、秋月、冬雪……眼餐、耳闻、鼻嗅、舌尝、身触、意会……尚且应接不暇，去征服？哪得工夫！

不同年龄，上的菜品也不同。

流水席：

少年时光是一碟儿甜品吧！爽口的水果沙拉一类。小时候小，一心只知道玩儿，未必就觉得好。年长再回首时，一想，哇，那时真甜哪，真爽！可还没怎么吃呢，碟子就空了。怎么回事儿？想不明白的。

青春是酸酸甜甜涩涩的果子。

中年是回锅肉。五荤俱全,百味杂陈。——我而今正值中年。笑颜,泪目,如鱼饮水,开口说不得也。

老年是萝卜干与咸菜。蹲在墙角,如一头老牛,卧在残阳里,默默地,安详地,咀嚼着,反刍着,嚼着萝卜干,和嘴角的阳光……

走得早,也没什么的,是少吃了道菜。

# 第四章 一间自己的屋子

一个人，需要有一间自己的房子，用来安置疲惫的灵魂和肉身。每个人都需要的，需要一间自己的房子，用来疗伤和哭泣。

# 一间自己的屋子

## 1

　　一个人，需要有一间自己的房子，用来安置疲惫的灵魂和肉身。每个人都需要的，需要一间自己的房子，用来疗伤和哭泣。笑的时候，你不妨在大庭广众之下。——让亲人跟着开心，仇人瞅着揪心，不相干的人看着起忌妒心。哭的时候，还是躲在自己的房子里哭泣好。这样子才能哭够、哭透、哭爽——也免得自己的亲朋跟着伤心，免得自己的仇人看着开心，免得不相干的人瞅着烦心。

　　房子是人在这荒乱世间的根据地。没了，就有进退失据的仓皇。有了，就有了属于自己的国土，自己是这片国土的国王。风能进，雨能进，他人不能进。

　　这房子不需很大。夜眠不过七尺吧。大了，你就不是房主，就沦为伺候房间的仆人了。"店大欺客"，房大欺主。无须豪奢，豪奢足以移人情，变人性，足以喧宾夺主，显出你的寒酸、伧俗！智者唾了豪宅主人一脸："这屋子奢华得只你这张脸适合吐痰了！""斯是陋室，惟吾德馨"，舒适，宜居，自在，足矣！不需忒坚牢。房子，比人耐久。郭子仪盖府邸，问瓦匠："坚牢否？"泥瓦匠笑了："前几任丞相的相府都是我祖上盖的，相府还在，丞相可是早没了。"人，不是房主，是寄居的过客，也无须广厦千万间。但，必要有一间。有一间，就够了。

## 2

现在，你有了一间属于自己的房间了。

你可以开始驯化它了。

一开始，房子是房子，你是你。它还没打心眼里接纳你呢。你只是走近了房间，还没走进房子的心里呢，还没住进人家的心房。房子高冷。但房子不是没有感情的人。不是！房子有记忆力，有思想，有情感。它只是理性了些，不轻易相信，不轻易付出，不轻易接纳。它不似镜子。你去照镜子时，镜子会告诉你它心里有你；你一走，镜子就把你清理得一干二净，影儿都不留一个。<u>做事宜如镜。不将不迎，迎而不藏，心无挂碍，故能胜物而不伤。为人不妨如房，无欲则刚，又仿若有情</u>。房子总是慢慢地识别一个人，慢慢地记住一个人。它也只会慢慢地忘记一个人。灯光照着你，投你的影在墙壁上，千次万次，它好像并不保存你的影像。但你入睡，它拦住八面来风守护着你；你用餐，它默默地嗅着你饭菜的香，仔细辨识你的口味；你读书，它静静读你。后来，它就记住了你，爱了你，顺着你，还惯着你，性格也渐渐随了你，打上了你的烙印。你干净，它干净。你利索，它利索。你清新，它也清新。倘若你有了二房、三房，它会寂寞，会生气。有时，甚至会自残起来，会裂缝，会跑水，会掉墙皮。那是它在发脾气，在求关爱，在撒娇。这时候，房子就不仅仅是房子了。它成了你的爱人，你的家，你的根，你的生地和死地。

后来，你死了，你的房子还活着。它还在呼吸，还会常常回忆起你，保留着你离去前的痕迹，释放出它收集起来的你身上淡淡的烟草味儿。你的亲友来此房间时，他们就还能接收到你发出的信息，会一点一点地想起你来！房子死了，倒下去了，消失了，你，也就彻底地死了，死干净了。你的房子，那间属于你的房子，是最后记得你、记载着你的东西，是你的墓碑。

## 墙

墙,就以两种方式存在:挺立,或者,倒下。

墙,冻死迎风站,饿死不弯腰。挺,是他的理,他的命,他存在的意义。

是墙就得坚强。只好坚强了。墙论堵,一堵墙,要防得住外敌入侵,要护得住自家院落的宁静。墙壁立千仞,无欲则刚。墙不是无欲,他一心要保护好他的家人。墙铁面无私。但他只是看上去冷冰冰的。无情背后,是柔情万种。万里长墙万里长,才有了中华文明绵延不绝,源远流长,也有那女墙妩媚,惹淮水东边旧时月,夜深还要瞧过来。

墙倒了变成桥。——踩吧,踩吧,你们踩着我的脊背过去、过来吧。

墙不爱说话。要说也是,"轰"一声!他说话时,有个世界就坍塌了,整个世界都震颤了。

也有小声说话的时候。

看!墙和墙在窃窃私语着什么,他们在拐角处碰了头。

# 门

繁体的"門"字是门的象形，像极了门的形。甲骨文的"𠁗"，就更像了！让人忍不住想伸手去推，仿佛推门就能进去。

简体的"门"不好看，也有点儿看不明白。有个"点"儿就不明不白的，代表什么呢？哦，钥匙？！——小时候出门，父母常把钥匙放在门框的左上角，我回来瞅四下无人，就踮脚摸到，开门后仍然偷偷放回去。方便呐，是方便之门。现在不大行得通了——秘密被发现，还写在了"门"字里，广而告之了。"门"的右下角还多个钩。这个我懂，你也懂的。有点儿人生阅历的都懂。哪能让你那么随随便便地进门呢？过去门有槛，像嘴里有牙。门槛儿还好，人能看见。有时还会降低门槛儿，卸掉门槛儿。看来的是什么人：自己人 or 外人；贵族 or 贱民。现在是钩子了，像潜规则。远远望过去，"门"里空无一物，门洞大开，公开、公正、公平。暗地里却伸出一只"脚"，使绊子。路过的、进门的，总要从你们身上撕扯下点儿什么来，才肯放"手"。寻常百姓更是！脸难看？说明你进去了。门都难进呢，比富人进天堂还难呢。（据《圣经》上说，富人进天堂，比骆驼穿过针眼儿还难。）有时压根儿就找不着门路。门路，门路，没门儿，就没路呐。门，是路的开端，是路之初。提着猪头，咳，找不着庙门。找着了，嗨，被人家从庙门里扔出来了。人或者物，被扫地出门，是很没面子的事，说明你不是个人物。门脸门脸，没门就没脸。

万事入门难。因此，各种入门指南大畅其销。第一关，门人。阎王好见，小鬼难缠，宰相门人七品官。所以吧，千万别得罪传达室的大爷。门难进？那得看你的身段和手段。放低身段，媚一些，再媚一些！不论男女。聪明人，选择走后门。当然，某些人别有办法，另辟蹊径：先偷偷摸摸地爬窗户，入室，成为内人，再敞敞亮亮地走正门，摇头摆尾，高跟鞋"噔噔噔"地响着一路踩进门去。

门的重要性家家各异。穷人家蓬门荜户。家里没东西能引起贼人的什么想法，夜不闭户的，让人以为生活在盛世。花径不曾缘客扫，蓬门"终"始为君开。小扣柴扉久不开？太多礼了，只是轻掩，没关。你直接推门进去好了。高门大户就不同。门前有阀有阅，门楼巍巍，那是他们的脸面。台阶也高，没有好事你别登门，会累着你的。门庭若市，时常做些买卖。"门虽设而常关"，毕竟有些见不得人。还安排有武装到牙齿的守门员。前些日子,路经英国唐宁街十号,但见大门口警卫笔挺笔挺地站着,立杆枪,自己也像那杆枪似的杵在那儿,唬得我这乡下人心一惊肉一跳的。印象中十月革命时不是这样:政府大门常见扶犁黑手进进出出。没觉得这些泥腿子都一脸贼相啊。他们防谁呢?

门的作用也因人而异。领导的门阻隔大于进出。世间最大的距离,是你在门里,我在门外。别看领导和群众在一起,在一起,那是领导出去了,下去了,不是群众进去了。到群众中去,是怕群众找上门来。好在群众多数也自觉,"没有大事不登门"。出大事儿了,也就在门前坐坐。坐一坐就走。

做门,很辛苦的。城门开,言路闭;城门关,言路开。兴,城门苦;亡,城门苦。开开关关的,门又不是开关。水淹火烧人撬。大约是太苦太累太无聊太危险了吧,那一年,唐天宝十三年,秋,有一天,长安城某门,左门扇忽然"吱"一声,化作只"鸳"飞走了;右门扇"呀"一声,化作只"鸯"飞走了。渔阳鼙鼓动地来……

# 窗

## 1

窗户是家的眼睛。眼睛是心灵的"窗户"。家里的仙气、灵光,多从窗上来。上帝给眼睛设计了眼睑,人在窗户外安装了护栏。当然,还是上帝的巧妙些——眼睑是何等收放自如的防护栏!外面还装饰了一些小草,美化、勾引、设埋伏!

受上帝启发,人们在窗内装上窗帘。好比闭眼,就可以把世界关在门外。拉上窗帘,世界也就浓缩为一个小屋,一个温馨的家。那也没把窗户变成墙。窗,成了墙上的一幅画!

## 2

墙是保护的掩体,是顽固的坚持。门意味着进攻,或者投降。当门紧闭时,门就成了墙。窗,进可攻,退可守。窗是墙的眼睛、墙的呼吸，是墙心灵的图画。有墙才有家。墙是家的第一步。但没门的墙，让家变成坟墓——离不开的天堂也是地狱呐。有墙，有门，没了窗，家也不过是罪犯的避难所。有了窗，家才会喘气，人才能呼吸。有了窗，人才能诗意地栖居，才不仅仅是生命的逃犯。窗封了，家也就死了一半，死气沉沉的了。

窗是初谙风情的少妇。墙是老人。窗不像墙那般冥顽不灵，又不似门那般幼稚，要么信任到随意打开，要么狐疑地深拒固闭。窗是墙与门的对立统一，是可以开关的墙，是高门槛儿的门。窗是人与婆娑世界的妥协。窗把外面的精彩邀入，把里面的世界推出。窗半推半就，它在半推半就间造境，是冰雪美人的回眸一笑，是欲迎还拒、欲盖弥彰，它在邀请，又像是拒绝。你不能进来，你可以看看，但又不能全看见。让你欲罢不能，欲止还行，丢不开，又得不到。所以，偷窥不爬墙根，窃听多在窗下。潘金莲的风流从窗户起步，秦桧的阴谋东窗事发。狐媚的窗啊！风情万斛。

窗意味着眺望，门代表着行动，而墙防御。墙、窗和门构成一个完整的家，就像父亲、母亲和孩子。墙，是父亲的形象，默默地撑起一片天空来，好让我们躲风避雨。家，原本就起源于躲避吧，躲避风雨、野兽，逃避他人，和自己。墙沉默得像个革命志士，"我不说，我就是不说，打死我也不说"。窗打破了墙的沉默，让墙开了口。墙给你安全，窗给你阳光，给你氧气，给你温情与诗意，像母亲。门小，还是个孩童，心智未开，易走极端。"砰"的一声开了，走了，"砰"的一声关了，回来，没心没肺没头脑。窗呢，智慧多了，灵活多了，是长大了的门。先四下里瞭望，然后，放一些东西进来，拦一些东西在外。窗也坚强，像被拦住了出路的门，像打开个口子的墙。却仍然站立着，要说话的样子。什么？家徒四壁？！家有四壁就不是一贫如洗。墙在，窗在，好比父母在。幸福去吧你。

## 3

从窗子进来的，主要有三样东西：阳光、空气，和人。人有三种：小偷、情人、自家人。自己的家，也要从窗户爬着进去？不合情、不合理。但一生中谁都经历过几回的吧。小偷就不说了。情人也是小偷，也不说了。说啥呢，有内鬼接应。

当然，如果主人在窗边眺望的话，还有一样也可以进来：窗外的风景。

凭窗。凭窗是种很美的人生姿态。人生如戏，悲剧或者喜剧，总的说来，是悲喜剧吧。世界就在你窗外演绎着各种故事：悲剧、喜剧、悲喜剧。你可以把窗外的故事都看成风景。你坐在窗内看，有如包厢，感动着，微笑或者哭泣，在他人的故事里流着自己的泪。你本是导演，是演员，现在，你只是观众了。以入世的态度出世,以出世的态度入世,你总能及时出击,总能全身而退,从容而优雅。"夏月虚闲,高卧北窗之下,清风飒至,自谓羲皇上人。"好洒脱!"窗含西岭千秋雪,门泊东吴万里船。"你把世界压缩了,装了框,裱挂在门里墙上的窗内了,好美!

## 我为什么亲近身边的物品

我很亲近身边的物品，比对身边的亲人还要亲。

我总是在家里、屋外晃荡，投影在墙上、地上。我怜爱地抚摸着身边的那些桌子、椅子、床和褥子。我满是深情地注视着庭前的草、盆里的花。我还祝福那些路过的狗、飞过的鸟。我想这么着久了，它们就会记得我，会渐渐地认出我来。它们接纳我很慢很慢，它们忘记我也会很慢很慢的吧。在我死后很久了，亲亲的父母也不记得我了，亲爱的妻子也投了他人的怀抱不记得我了，它们还会记得——它们还会散发我的气味，把我曾经给予它们的深情再一点一点地抒发出来——多少带了些怀念的意思吧。

我还固执地认为，相互熟悉了，建立感情了，就是忠实的朋友了。这样，在我夜半醒来的时候，我才不会醒在一个陌生的环境里，才不会感到恐惧，我也才能更容易地辨认出自己来。

## 一只碗的遗言

一只碗,也要经历一生。

哪怕只是件粗陶碗,不是元青花,不是明斗彩,不是清珐琅。它来自土,它也将重归于土。受了那手爱抚的诱惑,如波提切利《维纳斯的诞生》,在一双巧手下,抟土而成,婉转而生,如花、如璞。它与水调情,相得甚欢,两情款洽;它在那陶轮上晕眩地做圆之旋舞;也爱美,它把自己彩绘;也经历了爱恋,那烈火的淬炼;一样的,随后它也走入一段家常的岁月。日子如流水,平缓地流淌:有时它在冷水里洗澡,有时它在蒸笼里桑拿;有时它被捧在手心,有时也被孩子们敲打。它吃过素,也茹过荤,它五味杂陈,遍尝百般滋味。百般滋味,是碗的百种思想,五味杂陈是碗的爱恨与情仇。一只碗,其实有许多话要说,有许多话,可以说。

一只鸟、一头牛、一棵小草、一条小溪……每件物体其实都有话要说,对这个世界说。有的,想了,就说了;有的,想了想,不说了;有的没想就说;还有的,想说,一直没找到合适的机会和场所。而有的，饱经风云世事，惯看秋月春风，却不轻易说——说也只说一次，一次还只一句，一句必掷地有声，就像这只粗陶碗。

某一日，它回老家的时候到了。这只低调了一生的陶碗低沉地发出一声闷响，摔成了两瓣在地上——像一张咧开了的、似笑非笑的嘴。它留下了它的遗言——它一生的感悟、感慨都总结在里头，它对后来者的劝诫也在这里面：

"嘣——"

## 百姓日用之生活篇：筷子

筷子，古称"箸"，竹者也，就该本本分分地用竹木材质，不该是象牙的。纣王改用象牙，箕子见"箸"知微，由此看见了商朝的式微。不该是金的、铁的，那生活就太沉重了。玄宗赐宋璟金箸，奖其耿直如筷，宋璟惶恐了。用它就餐？只好供起来。不然呢？太沉重了。

西餐惯用刀叉，笨拙，野蛮，没文化！动不动就动刀动枪的。印度人用手，右手吧。径直，快意，又免不了惹人生起不洁的联想：是专手专用吗？金盆洗手了吗？

筷子就好多了！可夹、可挑、可拨、可扒、可戳……轻盈，灵巧，儒雅，有内涵，像手指的延长。多秀气的手指啊！手如柔荑，指若削葱。

筷子论双。"老板，给我来两根筷子。"这一准儿是外国客人！中国人没这么说的。两根是两根，一双是一双。不一样！一双是一分为二，又合二为一。一即二，二也是一。外国人哪懂这些？过去送新婚夫妇礼物，有送筷子的习俗：

焦不离孟，孟不离焦，出双入对，两口子要好得像一个人似的，又各人是独立的个人；也是祝福：筷子，筷子，快快生子吧！

使筷子，一动一静，一唱一和，才和谐，才能"筷"到成功。静的，属阴，是女的！"把得定"，hold住，要"不易"，是杠杆的支点，是主心骨，是大后方、根据地，厚德载物。男的那根好动，是阳，出奇制胜，开合有致，手到擒来。我老子说："一阴一阳之谓道，夫唱妇随是正道。"咳咳，要不，日子没法儿过了！——也不是非要夫唱妇随，妇唱夫随也可以的。

明朝以来，筷子多方头圆足，和天圆地方没关系，是世俗的理性。圆头圆足，未免有些"走滚儿"，老费劲儿了，不给力！方首方足？未免呆头呆脑，不灵便。方头圆足呢？四棱方头，是说自己要持之以方，严以律己；圆足，是说要收起棱角和刺儿，宽以待人。这样，才好使呀。

筷子长约七寸六分，据说象征人的七情六欲。哎，就为这点儿情欲，尝遍人间甘苦酸辣滋味呵。

使筷子健脑，熟则生巧。健脑之外，也可以是武器，防身用。武林高手，飞花摘叶，皆可伤人，但多深藏不露，不显山，不露水的。偶尔寂寞了，也会忍不住露一小手：桌边飞过一只苍蝇，忽然出手，伸筷，倏地一夹，淡定地看一眼，放下，道："母的。老板，食品卫生还得抓一抓哪。"

我妻子迷信。她一看见她闺女握住筷子的边缘，就着急，就不厌其烦地纠"错"，有时简直要愤怒到气急败坏。——据说，握筷子越靠边儿，将来离家越远。每每这个时候，我总是停下筷子，呵呵地笑起来，望着那母女俩，不说话。心里其实还是暗暗希望女儿改过来的。

## 鞋子：伴你一生

我们是从天堂来，我们是到天堂去。不要怕，并没有一个地狱在前面不远处等着你。也别欢喜，地狱是在人间。人间地狱吧。人间最苦！人心叵测，江湖险恶，世路难行。

好在我们只是偶尔路过人间。好在，多数人，一出生就会有一双鞋子在等待着，等着侍候他。鞋子是什么？垫子。世界太粗粝了，鞋子殷勤地垫在你和粗粝之间。鞋子是什么？船。来渡我们的，渡世间一切苦厄。有一日，路遇车祸。妻很有经验，盖棺定论说："完了，没得救了。你瞧，鞋子都撞飞了。"后来，果然，翻船了。他被他的船拒载了，他的鞋子抛弃了他，不侍候他了。也好，也算是舍筏登岸了吧，祝福他。

"姑姑的鞋，姨姨的袜，姥姥的兜肚，舅母的裓。"呱呱坠地前，七大姑八大姨的，会先为我们预订一张船票。多是猪头鞋，俩色儿，唤作阴阳鞋：一半黑，一半红。人是走了老远老远的路，跨越阴阳界，才来到人间的。猪者，住也。大老远地来了，就多住些日子吧！孩子不愿意了，"哇"地一声，就哭了。妈妈老愧疚了，便不断地做鞋给他。以后是虎头鞋、兔儿鞋、千层底……"慈母手中线，游子身上衣。临行密密缝，意恐迟迟归。"衣，足衣吧，鞋袜耳。我小时候的鞋子多半是妈妈一针一线亲手纳出来的：比着脚丫儿，画出鞋样儿，用糨糊，以碎布，层层粘牢，再以密密的针脚一圈儿一圈儿一圈儿地加固。真个是底儿千层，真个是密密缝！——我的老娘啊。

后来有了新娘。新娘接班了，接手了。你也辛苦了，娘子。爱他，就给他纳一双鞋子吧。可惜现今女子多不会。应该也是因为爱得还不够深。新娘毕竟不是娘。娘的！

过去广西瑶族有一种"合鞋"的订婚仪式：双方有意后，各回家做一只木拖，如能配对，则和谐，合天意，礼就成了。女子也常借此炫技，示巧。南北朝时有一女子，鞋底纳出莲花图案，行于世，步步生莲。这样的女子谁不爱呢？那样子行走一生一世也是酷毙了。

可惜，脚上的泡，常常不是沟沟坎坎磨出来的，是鞋子。鞋子舒服不舒服，只有脚知道。不舒服咋办？削足适履。衣不如新，鞋不如故。好不容易磨合出来了，破鞋也不换，铁鞋也不换，小鞋也不换。这当然说的还是过去的年代，现当代，谁的鞋柜里没备着好几双呢？时代进步了。

传说世上某处，某深山老林的更深处，有一小屋，住一妖精。一盏昏黄油灯下，那妖精没日没夜地织履，想给普天下所有的人都赶制出最舒适的鞋子——舒适的意思是说，你穿了，就跟没穿一样，你忘记了鞋，也忘记了脚。你敲门进去，她就会递给你你的那一双。她不是妖，她是我女神！真想当面谢谢她。可惜是个传说呐。那地方又太难找，上穷碧落下黄泉，踏破铁鞋无觅处。

人老了，也会有一双鞋子送你上路。鞋面、鞋帮多绣有荷叶、天鹅或蟾蜍。水陆空三栖，一路好走吧。

从第一双到最后一双，两双鞋之间，歪歪斜斜的，深一脚浅一脚的，就是你的一生了。你这一辈子，一步一个鞋印儿，简称"履历"。你没了，"刺啦"一声，你的履历表被从档案中扯了下来，扔进了垃圾筐里，你这就算平安地交代过去了。

鞋子，伴了你一生。

# 眼　镜

## *1*

旧日好，人心安，时光慢，大家只是生活苦点儿。

近视眼吧，尤其苦："笑君双眼太稀奇，子立身旁问谁是？日透窗棂拿弹子，月移花影拾柴枝。因看画壁磨伤鼻，为锁书箱夹着眉。更有一般堪笑处，吹灯烧破嘴唇皮。"——惹旁人嘲笑，让近视眼苦笑。在中国，苦到宋时，最迟明朝时，近视眼就笑了，不苦了，有眼镜了。

戴上眼镜，世界仿佛"唰"地一下子，在你的眼前褪去了华裳，赤裸裸的，像新出浴的新娘。人仿佛一下子就看清了这个世界。

看不清的。它只是把世界拉了一把到你眼前。拉近看，推后看，放大看，你拼命睁大了眼去看，用四只眼睛看，也看不透的。（近视眼常被尊称为四眼儿！）明万历田艺蘅在《留青日札》卷二"叆叇"条云："每看文章，目力昏倦，不辨细节,以此掩目,精神不散,笔画信明。中用绫绢联之,缚于脑后,人皆不识,举以问余。余曰:此叆叇也。"这叆叇,就是眼镜最初的叫法。这叫法,是纪实的叫法。叆叇,云盛貌,浓云蔽日啊!何况,眼镜有色,眼镜变色。

想看清么?摘了眼镜,闭了眼看。

## 2

眼镜是学问的标志,是理性的象征。我眼镜框大,镜片如瓶底,近而逼视,窅然而深,让你目眩,使人头昏。同事因而敬我学问深,说:"书生的眼镜比脸大!"我一得意,摔了个大马趴,把学问都摔出去,摔丢了,摔得找不着北。眼镜像学问一样,有时也用做装饰品。无论怎样妖冶的女性,只需架上镜框,无须摇身,就能一变而成知性女人,美颜效果立竿见影。只是,学问妨碍打架,理性不利接吻。戴了眼镜接吻?你那是爱得不够深。恋爱是盲目的,看清了,会看轻,可你还总想着看清个什么。那,摘了吧。额,找不着嘴。

西哲斯宾诺莎以磨镜片为生。他放弃万贯家资,以磨镜片为生!他只需给新著提上一句"献给法王路易十四",就可过上衣食无忧的生活,但他笑笑,低头继续磨他的镜片。对于他,磨镜片,不像是为了生活,倒更像是要透过理性,看清这个世界。(他磨镜,主要用于做望远镜和显微镜。)世界在他身边扭来扭去，变化万端，他乐呵呵，只管打磨他的镜片。他真乐观！

我悲观。我觉得世界是位壮硕的中年妇女，不可被理解，很难被看清，也还强奸不过她。爬在她身上、研究她、探索她、试图改造她的所谓伟人、哲人、巨人，譬如撼树的蚍蜉，摸象的盲人。实在可笑！我心里爱这个世界，却只愿意去调戏，像是调戏一个清纯的少女。爱她好了，何必了解？我一会儿戴上眼镜，一会儿又摘下，一会儿换种眼镜色，肆意把她从身边推开，又把她拉近，百般作弄，还随意把她装扮得五彩缤纷。眼镜是魔术般的道具，它通过改变你的眼睛，来改变这个顽固的世界。

## 3

眼睛，是心灵的窗户。眼镜，就是窗户上的玻璃了。玻璃有茶色的，墨绿的，变色的，是为墨镜。

墨镜就是一种武器了。进可攻，退可守，攻守兼备。我看得见你，你看不清我。你赤裸裸的，我脸上的敏感部位却打着马赛克。有一种不平等的傲慢，像是天体营里那个衣冠楚楚的人，很惹人厌！

墨镜最适宜：（1）夏天，街头，看美女。（2）子夜，酒吧，装牛逼。（3）国际舞台搞外交。

## 百姓日用之政治篇：象棋

围棋原是中国贵族们摆在桌面上的哲学和军事。他们面带异样微笑，或面无表情着，在密室，在床上，玩儿着，运筹"帷幄"之中，决胜千里之外。

那象棋，就是百姓生活的日常和政治了。

中国男人，大概没几个不会走两步的。"有两样东西最脏……可男人们都喜欢玩儿。"在万恶的旧社会，壁垒森严，社会结构板结，多数男人是没多少参政议政机会的。怎么办？过嘴瘾呗！男人们扎了堆儿，就算俩人凑一起，不是谈女人，就是谈国际风云宫廷秘闻。指点江山，激扬文字，唾沫横飞，不可一世。还不过瘾怎么办？来，来，来，杀两盘！在路边，在街上，在田间地头，就地摆开战场，或坐，或站，或蹲，"圪蹴着"，大呼小叫着，过起统帅三军、指挥若定、生杀予夺的瘾来。每个人都自信满满："哼，要是我在台上……"没有承认自己是臭棋篓子的。

中国文化是老人文化。暮气沉沉是有的，不够阳光是有的，可也算"老奸巨猾"，世事洞明。以象棋论，两点之间直线距离最短？理论上如此。可加上人心呢？人心险，难测哪！马走日，被蹩腿儿；象走田，被塞眼儿。捷径，是曲线。且你要晓得自己的身份哪。你个过河卒子，拼命向前，攻到底，擒了将，也只能是个卒子唉。西方人傻，心思单纯，国际象棋也就不同：人家基本走正路，就算斜行，也是正着斜！正直地斜。卒子突破底线，便可为车、为炮、为马……

我爹直脾气，炮筒子，认死理儿，虽聪明过人，街头对弈，没有哪次不被杀得丢盔卸甲、一败涂地的。他不服！他不服？他是不懂中国国情。社会，是讲理的地方么？政治，是讲理的事儿么？

象棋与多数女人无缘。就像政治（家政除外）。也有玩儿的。和老公下！炮不设架，说是高射炮！马不走日，说是千里马！逼急了，她直接用你的士吃掉你的帅，因为那是她一早就安排好潜伏下来的卧底。你要怎的？不想过了？

呃，家嘛，女人嘛，是可以讲理的地方么？是可以讲理的人么？不是！

有情无须理。

# 表

## *1*

宇宙很大。上下四方为宇,往古来今为宙。

钟表很小。

钟表小得像一个家。

一家三口:欢快奔跑着的是秒针娃娃,时针是爸,分针是妈。

## *2*

爸爸沉着,是主心骨,是家里的定海神针!有他坐镇、统领,不疾不徐的,时间就差不了太多。

妈妈忙前忙后,扶老携幼:既要扶着、推着前面大的,又要拉着、扯着后面小的。

秒针是小的,没什么心思压身,一路噌噌地,又游山玩水似的瞎走一气。孩子快了，爸妈就快点儿；孩子慢了，爸妈就慢点儿，就前面坐着等一会儿。

快了慢了，有什么打紧？整个家是和谐的。

## 3

没了孩子的家，就像没了秒针的表。

表，像死了一样，死气沉沉的，了无生机。

父母好像面无表情，无动于衷。日子平静如水，什么也没发生过似的，一如沉船后静静的海面。

## 4

没了时针、分针的表，像失去了父母的家。

孩子抓狂似的奔走着，绕着父母曾经存在的地方，一圈一圈徒劳无功地奔跑。

再也没人为他压阵了。

再也没人替他掌控大局和方向了。

再也没人在前面等他拉他扯他了。

他一圈又一圈拼命地奔跑着。他觉得，父母只是一时睡着了，只要自己努力前行，父母就会动一动，再动一动，最终动起来。

父母仍然，一动，不动。

## 5

一个没有时针、分针、秒针的表，像一张没有鼻、眼、嘴巴的，没有表情的脸。

像旷野上，时间外，被风不停吹过的，一座废墟。

像整整一个宇宙，空……荡……荡……的……

## 6

一个家，是一只小小的表；一只表，是一个小小的家。

## 钟表店

走进一家钟表店时,时间开始了。

"嘀嗒…嘀嗒…嘀嗒……"

店里好多表:瑞士的、日本的、美国的、中国的……座钟、挂钟、手表、怀表……坐、立、挂、卧;有的停摆了——反正走也没啥用,也没啥人关注,有的装出走的样子——它对自己卖出去还抱点儿希望,有的跟跟跄跄勉强在走,心力交瘁,但也有的不管不顾抖抖擞擞精神百倍地走着,抬腿,踢腿,咔—咔—咔。

店里没什么人。

店主,那个出售和修理时间的人上帝一样冲我点了下头,就又埋头忙自己的去了。大概他一眼就看出我只是个路人。

静静,时间慢慢地快步走着。"咔—咔—咔","嘀嗒—嘀嗒—"。和而不同,参差多态,又组成一曲和谐的交响。钟表店,像个微缩的宇宙。

我和"上帝"搭讪:"老板,干吗不把这些表的时间都调调？调准，调好？"

"上帝"白我一眼："没那必要，看客人需要！再说了，啥叫个准？啥叫个好？"

"也是噢！"我笑道，"人和人不同，步调也不一致啊！"

忽然想起我的一位朋友，常常昼伏夜出。你的黑夜，是他的白天；他的正午，是你的子夜。——大概每个人出生时，上帝都特地为他设置了不同的生物钟。北京时间、东京时间、巴黎时间、伦敦时间、纽约时间……之外，还有个人时间。

走出钟表店，时间还在走……

我不走，它也还在走着。"嘀嗒，嘀嗒，嘀嗒……"慢慢地小步快跑着。

我一边走，一边想：在生命的道路上，我是该坐着？该卧着？该站着？还是该挂着，作壁上观？是该缓步徐行，还是该快飞疾走？重要的，是速度，还是姿态？

"咔—咔—咔——"

"嘀嗒……嘀嗒……嘀嗒……"

街上脚步杂沓。

# 镜　子

别照镜子了。看着看着，你就老了。眼睁睁地看着你就老了，却救不得。"最是人间留不住，朱颜辞镜花辞树。"

镜子必是和人类同一天诞生的，我敢肯定。人爱美，说"要有镜子"，事儿就这么成了。但镜子诚实，也照出了丑及恶及衰及老……人，惭愧了，忧愁了，愤怒了，悲伤了。——人会恨起镜子来。

你照镜子的时候，镜子也捕捉到了你。但彼时，你看不到镜子。你眼里心里只有自己。你只看到了你自己。——你被镜子偷窥而毫无察觉。镜子是上帝的眼。

镜子能看见许多人看不见的东西。人不成，人只能看到自己想看到的东西。你不想看到的，通过镜子也看不到。

每个人出生时，上帝都给配发了一面镜子，装在眼睛里，让人可以看到自己和自己所处的天地。人镜合一，人在镜在。你死了，镜子也随你消失。

人可以从镜子里看到自己的前生，也可以直接从镜子中进入未来世界，关键是你要有用户密码和正确的路径。一步走错，你就消失在镜子里了，像合拢后平静的水面。你妈妈再怎么哭，也叫不开门了。她也不知道密码和路径。

镜花水月。镜里花，水中月。美。镜子把这个世界美化了，也虚拟化了。也许世界本来就是虚拟的。世界是个梦，你我都是梦中镜里人物。庄生梦蝶，是蝴蝶梦见了庄生。

嘘，告诉你个秘密：如果你能目不转睛地盯着镜子看1.4个小时，你就能看到自己的灵魂；如果你能耐下性子再坚持16分钟，你就能进入镜里的琉璃世界，羽化而成仙。可惜。人多不耐烦看自己，不能容忍看清自己一个小时。

如果你躲在镜子后，镜子就看不到你了。但你也看不到自己了。人都是相互看见的，从对方眼里，分明看见了自身。

镜子也照不出自己的模样。它也需要别的镜子帮忙。了解自己是困难的。

镜子也照不出它依靠的那面墙。吃人嘴软，拿人手短。

原来它也寄人篱下,替人说话。

镜子可以装进整个世界,一面就够了。来一片,装一片,来多少,装多少,随到随装,一点儿也不困难。镜子里是另一个世界。走进去,一片光明。世上的空间,没有大过镜子的。

镜子有边。但镜中的世界没边。人生有限,但人能感受到的风光无限。

镜子没底,但有背。任何事物都有它的背面。镜子的背漆,把世界统统堵在了镜子里。但镜子里的有也是无,很多,但没有。

镜子不透明,才成就了镜子的事功。人就得有一点儿想不明白,有点痴,有点迷,才成人。

古人以铜为镜,世界朦朦胧胧地好。真实的,就残酷了。上帝不让人清楚地知道,本是一种仁慈。

镜子忠实地记录,它述而不作。做了就是表现主义了,太煽情。它是现实主义大师。镜子只是——照见,它啥也不说。镜子说:"不可说,不可说。"一说就错。

但,述也是作了。

齐太史，晋董狐，镜子是千古良史，才过班、迁，富贵不能淫，威武不能屈，把历史一笔一笔细刻画。你可以摧毁它，但你打不败它。你打碎它了，碎了的镜子还是镜子！碎成多少片，变成多少面，顺手把记录的世界又复制许多做备份，脸上还泛着嘲讽的光。

老镜子碎了，死了，可以生出许多小镜子来。每一面镜子的诞生，都意味着世界被瞬间扩容。

镜子里的世界一样大。所以，大镜子和小镜子其实一样大。

镜子站起来，给世界存照，却不存盘。世上每消失一件物、一个人，镜子都会不厌其烦地从资源库里调出相关资料来，一一删除。它很有耐心，一丝不苟的。你曾在，曾经来过吗？镜子都不记得。没人记得的。

只有镜子有这样的能耐：肆意地摆弄世界。把世界拉近了给你看，也可以一下子把世界推得跌出去好远，可以随意地放大，随意地缩小，随意地扭曲，随意地复制。

镜子喜欢偶数。好事成双，它把它遇到的一切，都变成了双胞胎，让万事万物都成双成对地诞生。它自己收起来一份。

镜外一个，镜里一个。如果有一天它不喜欢了，会先删除镜子里的那个，镜外的也会跟着消失。

<u>你对镜子笑，镜子也对你笑；你对镜子哭，镜子也对你哭；你对镜子做鬼脸，镜子也对你做鬼脸。它把你给它的，也都一一还给你，不减也不增，不多也不少。镜子不是你面对的世界，你所生活的世界。镜子就是你。</u>

你哭啊，笑啊，愁啊，怒啊，镜子里的你也愁啊，怒啊，哭啊，笑啊！你陪着你自己。

但镜子不动感情。它"太上忘情"，也许是"太下不及情"。"情之所衷，正在我辈啊！"人活世间，被情吹拂，为情所动。人是有情的物。只是偶尔学学镜中的自己，也是好的。哭啊，笑啊，愁啊，怒啊，不真哭，不真笑，不真愁，不真怒，玩儿！学会了，人就不会老了。天若有情天亦老，镜因无恨镜常圆。

照妖镜是件神奇的东西，它可以照出你的原形或者底版。原来，万物都不是他们自己。

我一直很想有一面这样的镜子，那样就可以嘲笑嘲笑我的伙伴们了。当然我不敢拿着偷偷地去照领导。领导就是领导，知道了他们的原形也没用，他一样可以一翻手就把我打回原形。

听说鬼门关大门口就立着一面。你死后可以看见你的亲人围着你哭。那已经不是你了，是你的尸体。这面镜子对你是一个提醒。到望乡台，再回眸一顾，过了奈何桥，喝了孟婆汤，你就忘了今生今世了。但我不敢去偷。再说地狱里也就那么一面，偷回来了许多人都不知道自己是死鬼了。

旧时人家多有仿制的，高高挂在门楼上，用来辟邪，让路过的鬼只是路过。但也有法力大的鬼见了镜子反生气的，硬闯。我亲眼看见过，有家的门镜当场就碎了。

有人把人当镜子，也是看中镜子的提醒乃至叫醒的功能。李世民就把魏征当镜子。魏征死了，李世民就哭，说："以铜为镜，可以正衣冠；以史为镜，可以知兴替；以人为镜，可以明得失。"唐太宗不是在哭魏征，他是在哭他的镜子。

女人没有不喜欢照镜子的。丑点的想从中找出点美来。一般总能找出一点儿的。找不出来，就砸镜子。世人世事多半如此。可砸了，多半又重买一个新的，重新照，重新找。脸丑不能怪镜子。其实也不能怪自己，"自然灾害"嘛。人总是和自己过不去，还殃及池鱼。

美女呢，又常常忍不住要从美里找出点瑕疵来。没有女人对自己的美是满意的，本质上还是因为贪心。

其实你可以轻易地从别人的眼里看出自己的美丑,何必一定是镜子?

要么人一直糊涂着,要么人先明白再糊涂。最怕是,一个人先糊涂后明白,却明白得再也糊涂不下去了。他突然看清了自己。清醒成为一种惩罚。那时,人唯一的办法就是自我解嘲。自嘲的时候,人必是站在自己的身边看,看自己,就像对着镜子做鬼脸。

深夜里别照镜子。你看不到自己,却可能看到鬼魂,来来往往路过你家的鬼魂。在鬼的世界里,镜子像太阳一样刺眼。鬼怕光。你的镜子打扰了鬼走路。鬼遭遇了鬼打墙,说不定会走错路,误打误撞上了你身。但,也别怕,鬼都是比人善良的。你合上镜子,他就离开了。

天地也是爱美的。它们的镜子大点,叫湖。有个湖就叫镜湖。还有一个叫鉴湖。镜子,是湖的片段。

月亮显然是地球的镜子。李白《古朗月行》为证:"小时不识月,呼作白玉盘。又疑瑶台镜,飞在青云端。"

你要想触摸到镜子里的东西——我是说,你要想把手伸进镜子里去摸镜子里的东西，唯一的途径就是触摸现实。镜子拦着你呢，直接触摸你只能摸到镜子。

镜子里的左边是你的过去，右边是你的未来，把你夹在现实的中间。镜子是个门槛，阴阳界的门槛。

镜子真冷。铁面无私，镜面无情。

镜子真冷。破镜重圆是我能想起的唯一温馨温暖的关于镜子的故事。我猜想，一定是镜子施了法术：是镜子的这一半想找到它的另一半。它只是顺便帮离散的夫妻团了圆。

凡镜子都是魔镜，关键看它想不想露一手。

但没有了光，镜子什么也不是，更不可能这般风光无限。生命，就是照亮镜子的那一道光。

## 百姓日用之经济篇：算盘

算盘，算中国的第五大发明不？

我看算！

是古代世界最便捷的计算器了吧！即便现在，加减运算起来，也不一定就输给计算机。

古时，人们生活得相对苦点儿，需要精打细算，凡事盘算、讲究，把日子过得仔细。人人都是"金算盘""铁算盘"，头上顶着算盘打！有益的，"三下五除二"就抓紧办了；没利的，"一推六二五"，赶紧地，撇清干系。有时"三一三十一"，有时"二一添作五"。打小算盘很累的哈。可怜！

现代人，更可怜了。富足了，还忘不了算计，各种小九九哪。大概是遗传，习惯了，不好改。基因，太强大了。大约还没忘记几千年的贫穷与困顿。

须知，算盘的顶珠基本不动。代表啥？天！人算不如天算。人算来算去，哭啊笑啊的，天不动声色，冷眼看着。

"机关算尽太聪明,反误了卿卿性命。"算什么算!"正是乘除加减,上有苍穹。"

"九九归一",一归何处?

归零。

我家有个祖传的老算盘,传到我手上,失传了。

也不算失传吧,我只是不会打。不会打,那也打!时不时,请出来。请出来干吗?打!打着听响儿!

悦耳着呢:如莺啭,如溪声,如鞭炮,噼里啪啦,大珠小珠落玉盘,活泼泼。手指也上下翻飞,如蝴蝶留恋花枝翩翩地舞蹈。哪像戳计算器,"哔—哔—哔—哔—"。

嵇康有把无弦琴,每于酒酣耳热兴致来时,便取将出来,弹了又弹。我也是他那个意思。

## 一 生

  我家的小女儿很乖巧。她总是一个人玩,活在自己的世界里,为不相干的事哭了又笑,笑了又哭,然后躺在一个角落睡着了。

  人的一生也是如此。